미쳐야
청춘이다

서상록 인생에세이

# 미쳐야 청춘이다

서상록 지음

한국경제신문

# 미쳐야 행복이 보인다

내 나이 이제 겨우 75세, 아직은 많지 않은 나이다. 그러나 결코 적은 나이도 아니다. 나는 공부를 많이 하지도 않았고, 그 흔한 박사 학위 하나 없다. 그래도 살아오면서 그 누구보다 곡절 많은 시간을 보냈다고 생각되어 그동안 보고 듣고 느낀 점들을 이야기할까 한다. 어떤 자격이 있거나 능력이 있어서 이야기하려는 것이 아니다. 그저 내가 하는 이야기들이 살아온 날보다 살아갈 날이 조금이라도 더 긴 사람들에게 작은 용기를 줄 수 있으면 좋겠다.

지금 우리는 한 치 앞도 내다볼 수 없는 극심한 변화의 시대를 살고 있다. 대부분의 사람들은 세상이 너무 어지럽고 살기 힘들다고 하소연한다. 여기저기서 한숨이 터져 나온다.

그런데 가만 생각해보면 옛날처럼 비가 새는 작은 방에서 새우잠을 자는 것도 아니고 쌀이 없어 맹물로 점심을 대신하는 것도 아니다. 어렵게 버텨온 과거를 생각해보면 힘들 것이 하나도 없을 것 같은데 탄식이 멈추지 않는다.

결국 이 모든 것은 사람들이 자기 마음을 다스리지 못했기 때문이 아닐까. 빌딩은 높아졌지만 인격은 더 낮아졌으며, 도구들은 날카롭고 세밀해졌지만 친절함은 더 무뎌진 것이다. 집은 더 커졌지만 행복은 줄어들었고, 생활은 더 편리해졌지만 여유로운 시간은 줄어들었다.

아름다운 경치를 보려면 새로운 곳으로 눈을 돌릴 것이 아니라 새로운 시선을 가져야 한다. 생각을 바꾸면 새로운 세상이 보이고, 새로운 세상이 보이면 행복을 느낄 수 있다.

많은 사람들이 공통적으로 하는 말이 바로 '내가 원하는 삶을 살고 싶다' 는 것이다. 자기가 하고 싶은 대로 하면 행복해질 것이라고 믿는다. 그러나 그 생각을 실천하는 사람은 매우 드물다. 대부분은 하루하루를 그저 버티며 산다.

그런데 날마다 행복하고 하는 일마다 즐거운 인생을 보내는 사람들도 있다. 이런 사람들은 뭔가 특별한 것을 가지고 있는 것일까? 사실 그런 것은 별로 없다. 단지 새로운 시선으로 자신의 인생을 바라보는 것뿐이다. 행복은 자기 스스로 찾는 것이지 남이 가져다주는 것이 아니기 때문이다.

나는 이렇게 말하고 싶다. 모든 사람은 태어날 때부터 인생을 행복으로 가득 채울 수 있는 능력을 가지고 태어났다고. 그저 마음속으로 꿈만 꾸고 있었던 것들을 구체적으로 그리고, 그 그림을 완성하기 위해 바보같이 미쳐보기만 하면 된다고. 자기 자신을 사랑하는 데 미치고, 자신의 일을 사랑하는 데 미치고, 타인을 사랑하는 데 미치면 그림은 완성될 것이다. 현재의 나는 과거에 그린 그림의 결과물인 것이다.

이미 너무 많은 시간을 살아와서 늦었다고 생각한다면 지금 당장 그 생각부터 버려야 한다. 늦었다고 생각할 때가 가장 빠를 때라는 말은 진리다. 행복을 완성하는 데 결코 늦은 시간은 없다. 지금 하고 싶은 일이 무엇인가? 그 일을 하면 행복할 것이라고 생각하는가? 그렇다면 그 일에 미쳐보자. 자기 자신에 미치고, 일에 미쳐야 한다. 남들이 미친 사람이라고 흉을 볼 때, 비로소 행복으로 들어가는 문턱까지 다가간 것이다.

　이제 행복을 향해 미친 듯이 달려보자. 그러면 행복이 찾아온다. 덤으로 성공까지 찾아올 것이다.

프롤로그 | 미쳐야 행복이 보인다

*Part 2* 바보들은 결심만 한다

## *Part 3* 행복에 미친 사람들

# $\mathcal{P}art4$ 더불어 행복해지는 길

마침내
청춘이다

*Part 1*

# 행복한
# 인생은
# 퍼즐이다

# 어느 노인이 흘린 눈물

나는 젊었을 때 정말 열심히 일했습니다. 그 결과 실력을 인정받았고, 존경까지 받게 되었습니다. 덕분에 65세 때 당당한 은퇴를 할 수 있었습니다. 그런 내가 30년 후인 95살 생일 때 얼마나 많은 후회의 눈물을 흘렸는지 모릅니다. 65년의 지난 생애는 자랑스럽고 떳떳했지만, 이후 30년의 삶은 부끄럽기만 합니다. 후회되고 심지어 비통하기까지 합니다.

　　퇴직한 후 나는 "이제 다 살았다. 남은 인생은 그저 덤일 뿐이다"라는 생각으로 하루하루를 그저 죽음이 다가오는 시간으로 생각했습니다. 덧없고 희망이 없는 삶, 그런 시간을 무려 30년이나 보냈습니다. 그러나 죽음을 기다리며 아무 의미 없이 보내버린 시간은 지금 내 나이 95세의 3분의 1에 해당하는 기나긴 여정이었습니다. 그 시간들은 마치 새로 사온 물건을 포장지도 뜯지 않은 채 쓰레기통에 버린 것과 같았습니다. 필요하다고 생각해서 구매했는데, 사용해보지도 않고 버린 것입니다. 내 인생의 3분의 1은 이처럼 사용해보지도 않고 낭비만 한 것입니다.

만일 내가 퇴직할 때 앞으로 30년을 더 살 수 있다고 생각했다면 시간을 그렇게 허비하지 않았을 것입니다. 그러나 은퇴할 당시 나는 스스로 늙었다고 생각했습니다. 무언가 다시 시작하기에는 너무 늦어버렸다고 판단했던 것입니다. 그것은 큰 잘못이었습니다. 지금 95살이지만 아직도 정신이 또렷합니다. 앞으로 10년 혹은 20년을 더 살지도 모릅니다. 언젠가 끝이 있겠지만 그것보다 확실한 것 한 가지는 아직도 행복을 찾는 여행이 끝나지 않았다는 것이며, 지금보다 더 행복한 순간에 끝을 내고 싶다는 것입니다.

이제 현역 시절 하고 싶었지만 바쁜 일상을 핑계로 미뤄두었던 어학 공부를 다시 시작하려 합니다. 늙었다는 이유로 20년이 넘게 생각조차 하지 않았던 해외 여행도 해보려고 합니다. 이 여행에서 어학이 조금은 도움이 되겠지요. 제가 어학과 여행을 꿈꾸는 이유는 단 한 가지입니다. 10년 후 맞이하게 될 105번째 생일에 지난 10년간의 시간을 후회하지 않기 위해서입니다. 95번째 생일에 세운 목표를 달성하기 위해 도전하지 않고, 시간을 낭비한 것에 대한 죄책감을 느끼지 않기 위해서입니다. 이런 생각을 하고 나니 요즘은 아침에 눈을 뜨는 것이 즐겁습니다.

## 🕊 가난은 축복이었다

앞에서 인용한 글은 인터넷 개인 블로그에 있는 어느 노인의 고백을 옮긴 것이다. 그 노인의 아름다운 도전을 응원하며, 지난 나의 여정을 살펴본다. 75년이라는 시간 동안 나는 참으로 행복했다. 그리고 앞으로 남은 인생도 행복할 것이라 믿는다. 이것은 모두 가난을 물려준 부모님 덕분이다. 가난이 내게는 축복이었다.

　　가난했기 때문에 나는 그 누구보다 열심히 일할 수 있었다. 가난했기 때문에 도전할 수 있었고, 어차피 가난했기 때문에 바닥까지 추락해도 밑질 것이 없다고 생각했다. 그래서 다시 목표를 그릴 수 있었고, 그 그림을 완성하기 위해 몰두할 수 있었다. 즉 가난이 내게는 가장 큰 행운이었고, 인생의 행복을 그리는 데 가장 큰 밑바탕이었다. 가난을 벗어나기 위해, 어머니께 따뜻한 쌀밥 한 그릇을 대접하기 위해, 아내의 눈에서 눈물이 흐르지 않게 하기 위해 살았다. 그런 나의 삶은 언제나 행복했다.

그 행복의 중심에는 미쳤다는 소리를 들을 만큼 몰두했던 시간들이 있었다. 그래서 지금도 미치는 것이야말로 모든 어려움을 이겨내는 만병통치약이며, 행복을 찾는 지름길이라고 확신한다.

우리는 살면서 수많은 시련을 겪는다. 생각하지도 못한 불행을 겪기도 한다. 그리고 그런 시련과 불행이 한꺼번에 몰려오기도 한다. 시련과 불행을 겪으면서 우리는 자신을 탓하고 다른 사람을 원망한다. 그러나 그럴수록 지금 자신이 하고 있는 일에 미쳐야 한다. 시련과 불행은 행복의 문으로 들어가기 위한 계단일 뿐이다. 내 삶을 돌이켜보면 이것은 더욱 분명하다.

나 역시 어렸을 때부터 수없이 많은 시련과 불행을 겪었다. 초등학교 3학년이 되도록 한글도 제대로 읽지 못하는 지진아였다. 학년이 올라갈수록 성적은 좋아졌지만 학비가 없어 중학교에 입학할 수 없었다. 읍사무소 사환을 하면서 혼자 공부했지만, 한동안 'This is a book'을 '티에이치아이에스 아이에스 에이 비오오케이'라고 읽었던 웃지 못할 기억도 있다.

대학생들이 방학에 개설한 3개월짜리 야학을 다니고 새로 개교한 경산고등학교에 장학생으로 입학해서 학비를 면제받았지만 낮에 읍사무소에서 일하면서 학교에 다닌다는 것이 쉬운 일은 아니었다. 성적이 떨어져서 학비를 내게 되어 결국 자퇴할 수밖에 없었다.

검정고시를 준비하던 중, 진량농업고등학교 김문조 교장 선생님께서 그 학교의 졸업생으로 추천해주셔서 고려대학교에 합격했다. 그러나 타향살이는 결코 만만하지 않았다. 작은 방 하나 구할 돈이 없어 각설이들과 함께 살기도 했고, 남대문 시장에서 교복을 입고 좌판을 깔기도 했다.

## 🦋 시련은 행복으로 들어가는 문

이제 돌아보니 내가 부딪쳤던 시련과 불행들은 모두 나를 성공으로 안내하기 위한 것들이었다. 어려운 일에 부딪칠 때마다 나는 미쳤다는 소리를 들을 만큼 몰두했다. 그렇게 지내던 어느 날 한 가지 사실을 깨달았다. '어차피 해야 할 일이라면 웃으면서 미친 듯이 해보자'는 것이었다. 그 깨달음 하나로 나는 이전까지 나를 괴롭혔던 모든 걱정과 불안에서 벗어날 수 있었다. 인생이란 숨이 멎을 것 같았던 순간들이 모여 완성되는 것임을 깨달은 것이다.

그 이후 나는 더욱더 미친 사람처럼 일에 몰두했고, 그렇게 미치다 보니 모든 순간이 행복했다. 신기할 정도로 모든 것이 변했다. 어려운 순간은 너무나 짧았고 행복한 순간은 더욱 길어졌다. 그리고 연이어 성공이 찾아왔다. 40대에 이르러 당장 은퇴해서 평생을 놀고먹어도 괜찮을 정도의 재산을 일궜다.

그러나 시련은 또다시 다가왔다. 50대 중반에 집 한 채 없는 빈털터리가 되었던 것이다. 재기하여 국내에서 손꼽히는 대기업의 부회장 자리까지 올랐지만 60세가 넘어 회사가 문을 닫기도 했다. 하지만 어차피 일어난 현실을 바꿀 수는 없는 법이므로, 그럴 때마다 다시 시작하기 위해 미친 듯이 노력했다. 그리고 그 순간순간이 언제나 행복했다.

대부분의 사람들은 인생의 아주 중요한 사실을 놓치고 있는 것 같다. 시련은, 그 시련으로 인한 실패는, 성공으로 가는 자산이라는 것을. 시련이야말로 행복의 문을 활짝 열어주는 것임을.

여전히 사람들은 자기 가슴에 큰 진주를 품고도 그저 진흙 속에 살고 있다고 생각하는 듯하다. 하지만 숨이 멎을 것 같은 순간들이야말로 행복의 문에 들어서기 직전이다. 시련과 불행을 즐기면 어느덧 행복은 코앞까지 다가와있었다. 어려우면 어려울수록 포기하지 말고 무아지경에 이를 때까지 미쳐보자. 그러면 우리가 품고 있는 진주는 더욱 영롱한 빛을 낼 수 있을 것이다.

# 81세의 신인 화가

나는 70세가 넘도록 그림을 그려본 적이 없다. 아니 붓을 잡아 보기는커녕 미술관에도 거의 가보지 않았다. 그런데 우연한 기회에 해리 리버만Harry Lieberman이라는 사람의 일생을 알게 되었다.

그는 29세 때 단돈 6달러만 가지고 폴란드에서 미국으로 건너갔다. 열심히 노력한 덕에 40대 초반에 상당한 부를 쌓을 수 있었다. 그리고 70세 후반에 은퇴하여 뉴욕의 노인 클럽에서 잡담을 나누며 체스를 두는 것을 낙으로 살았다. 그저 평범한 노인일 뿐이었다. 그런데 81세가 되던 해, 매일 체스 상대가 되어주었던 친구가 몸이 불편하여 클럽에 오지 않았다. 혼자 클럽에 앉아있는 시간은 너무나 무료했지만 마땅히 할 것도 없었다.

그러던 중 그 클럽에서 봉사 활동을 하던 청년이 "왜 그렇게 놀고만 있습니까? 그림이라도 그려보시죠?"라고 넌지시 물었다. 그 말 한마디가 그의 인생을 송두리째 바꿔놨다. 81세부터 그림을 그리기 시작해 101세에 22번째 전시회까지 열었다. 그리고 103세에 죽을 때에는 '미국의 샤갈'이라고 칭송받는 유명 화가가 됐다. 지금도 미국의 많은 미술관에서 그의 그림을 볼 수 있다.

해리 리버만의 일생을 접한 나는 가슴이 뛰었다. 몇 년 전 장애인 화가 모임에 간 적이 있었는데, 그때의 기억도 머릿속에 되살아났다. 그 장애인 화가들은 불편한 부분이 제각각이었는데, 한 가지 공통점이 있다면 손으로 그림을 그리지 않는다는 것이다. 어떤 사람은 발로, 또 어떤 사람은 입으로, 또 다른 사람은 겨드랑이로 붓을 잡고 자신의 생각을 아름답게 표현하고 있었다.

## 🦋 망설이지 말고 시작하라

나도 그림을 그릴 수 있을 것 같았다. 해리 리버만이 처음 붓을 잡기 시작한 나이보다 나는 무려 7살이나 젊다. 게다가 손으로 붓을 잡을 수도 있다. 거기까지 생각이 미치자 당장 미술을 배우기 위해 달려갔다.

　물론 처음에는 모든 것이 어설펐다. 그림을 그린 경험이라고는 어렸을 때 땅바닥에 낙서한 것이 전부였다. 초상화를 그려보았는데, 나로서는 최선을 다했지만 유치원 복도에 걸려있는 그림보다 못해 보였다. 한번은 내가 그린 초상화를 사람으로 알아보지 못하는 일도 있었다. 그림을 그리다가 시간이 없어 그대로 놔두고 며칠이 지난 후 다시 그리려고 했는데, 이전에 무엇을 그리려고 한 것인지 도무지 알 수 없었던 적도 있었다. 그저 하얀 도화지와 얼룩이 전부였다.

　그래도 그저 열심히 그릴 뿐이었다. 나는 리버만보다 7살이나 젊고, 두 팔도 자유롭지 않은가. 휴일이면 하루 종일 그림과 씨름하기를 반복했다. 3개월쯤 지나자 중학생 수준 정도는 된 것 같았다. 그리다 만 그림을 보고 이전에 내가 무엇을 그리려고 했는지 알아볼 정도는 되었다. 다른 사람들도 내가 사람을 그린 것인지 풍경을 그린 것인지 알아볼 수 있게 되었다. 이렇게 조금씩 실력이 나아지니 그림의 매력에 더욱 빠져들었다. 6개월 정도 지나자 고등학생들만큼은 실력이 좋아진 것 같았다. 사람 얼굴을 그리면 웃고 있는지 울고 있는지 그 표정까지 알아볼 정도가 되었다.

　그렇게 1년 가까이 끈질기게 시도하니 다른 사람들도 내 그림 속 인물의 감정을 알아보기 시작했다. 눈을 찡그렸는지, 들창코

| 나의 자화상 |

뉴욕의 노인 클럽에서 체스 두는 것을 낙으로 삼던 해리 리버만은 81세부터 그림을 그리기 시작하여 101세에 22번째 전시회를 열었다. 그리고 103세에 죽을 때에는 '미국의 샤갈'이라고 칭송받는 유명한 화가가 되었다.

인지 매부리코인지, 입꼬리가 올라갔는지 쳐졌는지 그 느낌을 알아보기 시작한 것이다.

역시 목표를 갖고 미치면 안 되는 것이 없나 보다. 남이 보기에는 어설프고 별것 아닌 것 같지만 나는 이렇게 그림을 그릴 수 있다는 것이, 다른 사람들이 그 그림을 보고 무엇인지 알아본다는 것이 그저 미치도록 행복하다.

하고 싶은 일이 있으면 주저 말고 당장 시작하라. 시작해서 실패한다고 해도 보통은 잃는 것보다 얻는 것이 더 많다. 막상 시작하고 나면 대부분의 일들은 생각했던 것보다 어렵지 않다는 것을 알게 될 것이다.


## 🦋 권태라는 곰팡이가 삶의 구석에 끼어있다면

만약 지금 재미있는 일이 별로 없다면 나처럼 어떤 취미라도 가져보는 것이 좋다. 권태는 삶을 좀먹는 곰팡이와 같다. 마음에 장마가 들면 더 열심히 몸과 마음에 낀 곰팡이를 닦아내야 한다. 권태라는 곰팡이가 삶에 끼어들지 못하게 하는 확실한 방법이 세 가지 있다.

첫 번째는 독서다. 사람들은 새로운 것을 배울 때 항상 즐거움을 느끼기 때문이다.

두 번째는 적극성이다. 어떤 단체에 가입하거나, 지금 소속되어 있는 조직에서 새로운 일들을 시작해보는 것이 좋다. 새로운 자극은 새로운 경험이 되며, 새로운 경험은 새로운 기쁨이 된다.

마지막으로 취미를 갖는 것이다. 누구나 열정을 쏟을 수 있는 취미를 가져야 한다. 취미를 가지면, 그 취미를 즐기기 위해 지식을 넓게 된다. 나 역시 그림을 시작하자마자 서양 미술은 물론 동양 미술에도 관심이 생겨 관련 서적들을 많이 찾아보게 됐다. 인생이 풍요로워지는 것이다

만약 삶이 권태롭다고 느낀다면 취미를 갖는 것이 가장 좋다. 온 마음을 다해 몰입해본 경험은 언제가 마지막이었는가? 만약 마지막으로 몰입해본 경험이 1년도 더 전이라면 지금 당장 취미를 만들어야 한다. 행복은 자기가 설정한 목표를 달성하겠다는 성취 행동에서 나오는 경우가 많다. 그리고 스스로 정한 목표에 다가가면 다가갈수록 더욱 높은 목표를 설정하게 된다. 이렇게 되면 목표를 달성하기 위해 취미 생활을 하는 것이 아니라 취미 생활을 하기 위해 목표를 설정하는 셈이 된다. 따라서 취미 생활을 하는 내내 행복한 몰입을 할 수 있게 되는 것이다. 미쳐야狂 행복에 미칠及 수 있다.

# 비틀즈와 킹 크림슨

가끔 내 아이들이 걱정을 하다가 나에게 해결 방법을 묻곤 한다. 내 대답은 언제나 간단하다. 그저 '네가 생각한 것, 네가 옳다고 믿는 길을 택하라' 는 것이다. 70대 중반을 넘긴 내가 40대의 생각을 따라가지 못한다는 것을 잘 알고 있다. 그리고 모든 일은 자기 스스로 결정하고 선택했을 때 더욱 잘할 수 있다는 사실도 알고 있다. 나 역시 내 인생을 나 스스로 결정하고 선택했다.

35세였던 1972년에 단돈 70달러만 가지고 미국으로 건너가 창고에서 먹고 자던 것도 스스로 결정한 것이고, 50대 초반 미국 하원 의원 도전에 실패해 다시 아무것도 가진 것 없는 원점으로 돌아간 것도 내가 내린 결정이다. 62세에 월급 100만 원도 되지 않는 식당 웨이터를 한다고 결정한 것도 모두 내 선택이었다. 이렇게 내 인생을 내가 결정하고 선택하니 후회할 일이 별로 없다.

물론 살다 보면 길을 잘못 선택할 수도 있고, 가까운 길을 놔두고 멀리 돌아갈 수도 있다. 자기 인생을 스스로 선택하기 위해서는 허영심과 우월 의식 등 부정적인 생각을 버리고 온전히 자기 자신이 되어야 한다. 만약 부정적인 생각을 한다면 '다른 사람보다 잘해야 하는데…', '남들에게 좋은 모습을 보여야 하는데…' 라는 의식이 부풀어 올라 다른 사람과 경쟁하는 데에만 신경을 쓰게 된다. 그러다 도를 넘게 되면 '내가 최고가 되어야 한다' 는 망상에까지 사로잡히게 된다.

물론 최고가 되는 것은 좋은 일이다. 그러나 그보다 먼저 자기 자신이 만족해야 자기 인생을 사는 것이다. 우리는 남들에게 보여 주기 위한 연극을 하면서 사는 것이 아니지 않는가. 남들과 비교하면서 시간을 보내는 일은 낭비일 뿐이다. 지금 이 순간부터는 '남들보다 더 뛰어나고 싶다' 는 경쟁심을 버리고, 오직 내가 원하는 것이 무엇인지 찾아보자.

내가 내린 결정을 믿고 행동했을 때에는 불안한 마음이 없다. 다른 사람에게 추월당할 걱정도 없고, 쫓기며 생활할 필요도 없다. 1인자가 되어야 한다는 압박감도 없으며, 뒤처지지 말아야 한다는 조바심도 없다. 그저 남들에게 더 베푸는 것만 조금 더 신경 쓰면 그만이다.

## ☙ 스스로 선택한 삶

영국의 록 그룹 '비틀즈Beatles'를 알고 있냐고 물으면, 거의 대부분이 알고 있다고 말한다. 그러면 다시 묻는다. '킹 크림슨King Cirmson'이라는 록 그룹은 아느냐고 물으면 대다수는 모른다고 대답한다.

이 두 록 그룹은 같은 시기에 활동했다. 비틀즈의 〈애비 로드Abbey Road〉라는 앨범과 킹 크림슨의 〈크림슨 킹의 궁전In the Court of the Crimson King〉이라는 데뷔 앨범은 같은 해인 1969년에 발매되었다. 영국의 유명 음악 잡지 히트 차트에서 킹 크림슨의 앨범이 비틀즈의 앨범을 제치고 1위를 차지했고, 이후로도 킹 크림슨은 비틀즈의 인기를 압도했다.

그러나 사람들은 거의 대부분 비틀즈만 기억한다. 킹 크림슨은 기억의 저편으로 사라져버린 것이다. 비틀즈는 멤버들 모두 자신의 색깔을 계속 유지했지만, 킹 크림슨은 잦은 멤버 교체와 음악 성향의 변화 등으로 색이 변했기 때문이다. 대중들의 눈치를 보면서 대중들이 원하는 대로 음악적 방향을 계속 수정했기 때문에 결국 아무것도 아닌 것이 되어버린 것이다.

　나 역시 마찬가지다. 지금까지 행복하게 살 수 있는 것은 모두 내 인생의 모든 것을 내가 선택했기 때문이다. 그래서 나는 오늘도 행복하고 내일도 행복할 것이다. 내 인생을 남과 비교하지 않고 내 방식대로 살고 있으니까.


## 🦋 인생의 우회 도로


간혹 현실이라는 높은 벽 앞에 무릎 꿇어야 할 때도 있다. 예를 들어 사랑하는 가족 중에 한 명이 백혈병 같은 질병으로 고생하는 것과 같은 일들이다. 사실 요즘에는 의료 기술이 발달하여 치료비만 있으면 웬만한 질병은 모두 완치할 수 있다. 문제는 고액의 치료비가 계속 들어가는 것이다. 이렇게 되면 자기가 꿈꾸는 목표를 위해 노력하기가 쉽지 않다.

　내가 아는 한 세일즈맨의 상황도 이와 비슷했다. 외국계 기업의 회사원으로 행복한 가정을 꾸리며 살았는데, 그의 딸은 얼굴 한쪽이 늘 멍이 들어있는 것처럼 파랗게 부어있었다. 여러 병원에 다니며 검사를 해보니 선천성 혈관 기형의 일종이었고, 치료하는

데 많은 비용이 들었다.

안정적인 직장을 다니며 가족과 행복하게 사는 것이 그의 목표였지만, 딸의 질병을 치료하기 위해 그는 목표를 조금 수정했다. 회사원 월급으로는 딸의 치료비를 도저히 감당할 수 없어 보험 세일즈맨으로 직업을 바꾼 것이다. 자기 딸이 아파보니 보험이라는 것이 진정 필요하다는 것을 깨달았고, 그런 이유로 그는 더욱 열정적으로 세일즈에 매달릴 수 있었다. 덕분에 그는 항상 높은 실적을 유지할 수 있었고 딸의 질병도 걱정을 덜 수 있을 만큼 치료되었다.

즉, 가족의 행복이라는 목표를 달성하기 위해 회사원에서 세일즈맨으로 목표를 이루는 방법을 수정했고, 덕분에 일에 미칠 수 있었다. 그리고 사회적 성공과 가족의 행복이라는 두 마리 토끼를 모두 잡을 수 있었다.

이처럼 꿈을 위해 노력하는 일과 가족을 위해야 하는 일이 서로 부딪치면 나는 잠시 꿈을 향해 뛰는 일을 접어두었다. 또는 두 가지 목표를 달성할 수 있는 방법에 대해 고민해보았다. 잠시 고민해보면 꿈을 이룰 수 있는 우회 도로는 의외로 가까운 곳에서 찾을 수 있다.

처음으로 이런 고민을 한 것은 초등학교를 졸업할 때였다. 집안 형편이 어려워 중학교 입학이 불가능하다는 어머니의 말씀을 들고 읍사무소 사환을 택한 것이다. 그러면서도 공부를 게을리하지 않았다. 어차피 중학교에 가려던 것도 공부를 하고 싶어서였으니 어디서든 공부만 하면 된다고 생각한 것이다.

미국으로 건너가 아직 자리를 잡지 못했던 시절에도 비슷한 문제에 부딪혔다. 거지처럼 초라하게 살고 있는 나의 곁으로 아내가 온다고 한 것이다. 식구들이 미국으로 오면 모두 함께 고생할 것이 뻔했다. 그러나 함께 살아야 가족이라는 아내의 말도 일리가 있었다. 미국에서 함께 생활하는 가족들의 고생을 조금이라도 빨리 덜어주기 위해 나는 더욱 노력했고 덕분에 더욱 행복한 삶을 살수 있었다.

# 말기 암 할머니의 웃음

인터넷을 오가다가 어느 말기 암 환자의 글을 읽고 느낀 점이 있어 소개한다.

언제나 행복한 얼굴로 싱글벙글인 어느 80대 할머니에게, 어느 날 한 신사가 그 비결을 물었다.

"할머니 요즘 건강하시죠?"

그러자 할머니는 씩씩하게 대답한다.

"응, 아주 건강해. 위암 말기 빼고는 다 좋아."

그 대답을 듣고 머리끝에서 발끝까지 백만 볼트 전기에 감전된 것 같은 전율을 느꼈다. 말기 위암으로 언제 세상을 떠날지 모르는데, 가끔 쥐어짜는 듯한 가슴 통증에 시달리는데, 그런데도 너무나 행복하다는 것이다. 아무것도 없이 태어나 집도 얻었고, 남편도 만났으며, 자녀들도 5명이나 있기 때문이란다. 게다가 손자 손녀까지 있어 세상 부러울 것 하나 없다고 한다.

"이제 암까지 생겨 예정된 곳으로 돌아갈 수 있다니 얼마나 즐겁고 행복해?"

많은 사람들이 언제 죽을지 모르고 있다가 갑자기 떠나는데, 자신은 떠날 날짜까지 알고 있으니 인생 정리도 할 수 있어 더욱 행복하다고까지 한다. 그 분을 통해 삶이 무엇인지, 행복이 무엇인지, 마음의 평안이 무엇인지 다시 한 번 생각한다. 행복은 지금 가지고 있는 것에 만족하는 능력에 달려있음을 새삼 깨닫는 것이다.

암에 걸렸더라도 환자가 어떻게 생각하느냐에 따라 치유율이 달라진다는 통계가 있다. 고질병이라고 생각해서 포기하는 환자의 치유율은 38퍼센트에 그치지만, 점 하나 붙여서 '고칠병'이라고 생각하는 사람의 치유율은 70퍼센트 이상이다. 똑같은 질환이지만 어떤 이는 암을 죽음으로 해석하고, 또 어떤 이는 삶으로 해석한다. 결국 행복은 우리의 긍정적인 생각에 달려있다.

## 🕊 존슨 대통령의 역전

알래스카를 러시아로부터 729만 달러에 매입한 것으로 유명한 미국의 17대 대통령인 앤드류 존슨Andrew Johnson은 이런 긍정의 힘을 발휘했던 대표적인 사람이다. 그는 세 살 때 아버지를 잃었다. 가난 때문에 학교 문턱에도 가보지 못했다. 배불리 먹는 것이 소원이었을 뿐이다. 13세에 양복점 점원으로 들어가 재봉 기술을 배웠고, 18세에 구두 수선공의 딸과 결혼했다. 결혼 후 아내에게 비로소 글을 배웠다.

젊은 시절 최고의 재단사였던 존슨은 정치에 뛰어들어 주지사, 상원 의원이 됐으며 16대 대통령인 링컨을 보좌하는 부통령의 지위에까지 올랐다. 그리고 링컨 대통령이 암살되자 대통령 후보로 출마했다. 그때 상대편이 맹렬하게 비판했다.

같은 암에 걸렸어도
환자의 마인드에 따라
치유율이 달라진다.
'고질병'에 걸렸다고 생각하는
환자의 치유율은 38퍼센트였지만
'고칠 병'이라고 생각한
환자의 치유율은
70퍼센트에 달했다.

"한 나라를 이끌어가는 대통령이 초등학교도 나오지 못하다니 말이 됩니까?"

"양복쟁이 출신이 나라를 이끌 수 있겠습니까?"

그러자 존슨은 침착하게 대답했다. 그리고 이 한마디로 상황이 역전됐다.

"여러분, 저는 지금까지 예수 그리스도가 초등학교를 다녔다는 말을 들어본 일이 없습니다. 또한 저는 양복쟁이 출신이지만, 그일을 할 때도 언제나 최고였습니다. 저는 손님과의 약속을 지켰고 항상 최고만을 고집했습니다."

존슨 대통령은 긍정적인 사고로 자기를 평가하고, 자기 스스로 매력적이라고 생각했던 사람은 아니었을까? 때문에 이처럼 멋지고 당당한 말을 자연스럽게 할 수 있었던 것이 아닐까? 학벌이 좋지 않다고, 집안이 부유하지 않다고, 몸이 조금 불편하다고 핑계를 대기보다 존슨 대통령처럼 또는 위암 말기의 할머니처럼 자기 자신을 사랑하고 현재에 만족해야 한다고 생각한다. 지금에 만족하면서 조금 더 긍정적으로 세상을 바라보는 눈을 가져야 한다고 생각한다.

행복은 세상을 바라보는 긍정의 틀이다. 그 틀 안에서 바라보면 우리도 언제나 행복해질 수 있다. 많은 것을 가졌으면서도 행복하지 못한 사람은 긍정의 틀을 가지지 못한 사람이며, 가진 것이 별로 없다고 해도 행복한 사람은 이 긍정의 틀을 가진 사람이다.

## 🦋 '힘들다'는 '힘이 들어온다'는 뜻

중요한 것은 바로 긍정이다. 긍정적인 태도를 취하지 않고서는 나 자신을 사랑할 수 없고, 자신을 사랑하지 못하면 긍정의 틀을 가질 수도 없다.

우리는 '힘들다'는 말을 자주 한다. 이를 '힘이 들어 죽겠다'고 해석하는 사람도 있지만, '힘이 들어온다'고 생각하는 사람도 있다. 몸에 힘이 들어오니 당연히 무겁고 피곤할 수밖에 없다. 그러나 긍정의 틀을 가진 사람은 몸에 힘이 들어오기 때문에 더욱 건강해질 것이라고 생각한다. '짜증난다'라는 말도 있다. 이 말 역시 '몸에서 짜증이 나온다'고 해석하는 사람이 있는 반면, '짜증이 나간다'고 해석하는 사람도 있다. 같은 말을 듣고 다른 생각을 하는 것이다.

긍정적인 습관을 지닌 사람에게는 언제나 긍정적인 일만 생긴다. 반대로 부정적인 습관을 지닌 사람에게는 좋지 않은 일만 생긴다. 왜냐하면 긍정의 습관을 지닌 사람은 현실을 인정하면서 이를 극복하려고 하지만 부정의 습관을 지닌 사람은 현실을 부정하면서도 이를 극복하려고 하지 않기 때문이다.

사실 걱정을 한다고 해도 별로 변하는 것은 없다. 때문에 긍정적인 생각을 하고 더 나은 모습으로 바꾸려고 노력하는 것이 가장 중요하다. 그렇게 하면 세상의 좋은 것들만 보인다. 그리고 좋은 것들만 가득하기 때문에 행복할 수밖에 없는 것이다. 어쩔 수 없이 절망의 동굴로 들어갈 수도 있다. 그러나 인생사 새옹지마, 전화위복이라고 하지 않았던가. 긍정의 습관을 들인다면 위기는 또 다른 기회가 될 수도 있다.

# 헬로야, 헬로야,
# 아메리칸 헬로야

행복과 불행은 동전의 양면과 같다. 동전의 앞면과 뒷면처럼 생각만 바뀌면 얼마든지 행복하거나 불행할 수 있기 때문이다. 일도 마찬가지다. 많은 사람들이 일하는 시간을 힘겨워한다. 어쩔 수 없이 하는 것이 일이라고 생각하기 때문이다. 생각을 조금만 바꿔보자. 즐기기 위해서 하는 것이라고 생각하면 그것보다 재미있는 것이 없다.

나는 세상에서 재미있는 것은 두 가지뿐이라고 생각한다. 하나는 자신이 잘하는 것이며, 또 하나는 잘하고 싶은 것이다. 이미 잘하고 있는 것은 잘하고 있기 때문에 성취감을 느낄 수 있고 더 높은 성취감을 느끼기 위해 그것에 몰두하게 된다. 어떤 것에 몰두하고 그것에 미치다 보니 다른 것은 눈에 들어오지도 않는다. 작은 성취만으로도 만족하기 때문에 재미있을 수밖에 없다. 또 하나의 재미있는 것은 자신이 잘하고 싶은 것이다. 잘하고 싶은 것은, 그것을 하는 것 자체가 즐거움이기 때문에 재미있을 수밖에 없다.


## 🍃 인생에 엘리베이터는 없다

어렸을 때 나는 바보인 줄 알았다. 남들도 나를 그렇게 보았다. 그런데 초등학교 3학년 때 담임선생님은 누구나 풀 수 있는 아주 쉬운 덧셈 문제를 맞힌 나를 천재라고 추켜세웠다. 한순간에 나는 바보에서 천재가 된 것이다. 그때부터 공부에 흥미가 생기기 시작했다. 그러나 바보였던 내가 순식간에 공부가 재미있어진 것은 아니다. 맞춤법조차 잘 알지 못했던 내가 받아쓰기에서 조금씩 높은 점수를 받고, 풀지 못했던 산수도 반복해서 공부하다 보니 하나둘 맞기 시작했다. 이처럼 점차 성적표의 숫자가 높아져가니 공부가 조금씩 재미있어진 것이다. 그리고 그 성취감을 느끼기 위해 계속 공부할 수 있었다.

　　미국에서 밑바닥 인생을 살 때도 마찬가지였다. 밑천이 전혀 없이 시작한 미국 생활에 내가 가지고 있는 것은 그저 건강한 몸뚱이뿐이었다. 유일한 자본인 몸을 움직이지 않으면 나는 굶어 죽을 신세였다.

한번은 미국에서 우리나라의 벼룩시장과 같이 장이 열리는 곳에서 장사를 시작했다. 워낙 가진 것이 없었으니 시장 구석, 그것도 가장 좋지 않은 자리를 조금 얻었을 뿐이다. 무엇을 팔든지 장사를 하려면 유동 인구가 있어야 하는데 워낙 자리가 좋지 않아 사람들은 내가 있는 곳까지 발길을 옮기지 않았다. 그때 문득 떠오른 것이 우리나라 약장수와 각설이였다. 어릴 때 동네에 약장수들이 오면 많은 사람들이 몰려들었던 것이 생각난 것이다. 영어가 유창하지 않은 시기였기에 약장수처럼 재미있는 만담을 할 수는 없었지만 각설이처럼 노래를 부르며 춤을 출 수는 있었다. 나는 앞뒤 가리지 않고 노래를 부르기 시작했다.

"헬로야, 헬로야, 아메리칸 헬로야, 치프 치프, 바이 바이.
Hello, Hello, American Hello, Cheap Cheap, Buy Buy."

말도 되지 않는 영어였다. 굳이 우리말로 하면 '친구야, 친구야, 미국 친구야, 싸다 싸다, 사라 사라' 정도 될까.

그때 춘 춤은 그저 춤이 아니라 가난을 이겨보려는 이민자의 피눈물 나는 몸부림이었고 생존을 위한 투쟁이었다. 물론 나 역시 처음에는 부끄러웠다. 남들의 시선도 따가웠다. 미국인들은 도무지 알아듣지 못할 노래를 시끄럽게 떠드는 내가 이상하게 보이기도 했을 것이다. 그러나 포기하지 않았다. 울면서 죽어라 노래 부르자 미국인들은 이상한 동양인을 구경하러 몰려들었다. 하나둘 사람들이 모여들기 시작하더니 어느새 북새통을 이뤘다.

나는 동물원의 원숭이마냥 진귀한 구경거리가 되었다. 동물원에서 구경을 하며 과자를 먹듯이 사람들도 나를 구경하며, 물건에도 조금씩 관심을 갖기 시작했다. 물건이 팔리는 것을 보며 나는 더욱 미친 듯이 춤을 췄다. 덕분에 나는 지독했던 가난의 굴레에서 조금씩 벗어날 수 있는 기틀을 마련할 수 있었다.

인생은 한 걸음씩 올라가는 계단 같은 것이다. 편안하게 버튼만 눌러 성공으로 올라갈 수 있는 엘리베이터는 존재하지 않는다. 물론 어떤 집안에서 태어났느냐에 따라 좀 더 튼튼한 신체와 배경을 가질 수는 있다. 그러나 그뿐이다. 인생의 숙련도는 스스로 깨달아가는 것이다. 세계에서 가장 높은 에베레스트든 동네 뒷산이든 한걸음씩 올라가는 것이다.

내가 공부를 시작한 것도 가난에서 벗어난 것도, 모두 못하던 것 그래서 재미없던 것을 잘하려고 노력했기 때문이었다. 잘하지 못해서 재미없던 것에 조금 노력을 더해 잘하기 시작하자 성취감을 느낄 수 있었고 성취감을 느끼니 재미가 있었다. 재미를 느끼니 더 많은 성취감을 느끼기 위해 더 많이 노력했다. 나도 대부분의 사람들과 마찬가지로 어떤 일을 하는 것 자체로 즐겁고 재미있는 것은 없었다. 그저 잘하기 위해 노력하다 보니 더 많은 성취감을 느꼈고, 그 성취감을 느끼기 위해 계속 몰두했던 것이다. 마치 정상을 향해 한 걸음씩 발을 내딛는 것과 같다.

## 🦋 인생의 상대성 이론

인생을 행복하게 보내려면 자신이 좋아하는 일을 해야 한다고 말한다. 좋아하는 일을 해야 몰입할 수 있고 미칠 수 있다는 것이다. 그러나 처음부터 자신이 좋아하는 분야를 선택해 평생 자신의 천직으로 삼는 사람은 1퍼센트도 되지 않는 것 같다. 그렇다면 나머지 99퍼센트는 전부 불행한 것일까? 그렇지 않다. 나처럼 처음에는 재미없었지만 하다 보니 요령이 생기고, 요령이 생기니 성취감을 느낄 수 있고, 성취감을 느끼니 행복을 느끼는 사람도 많다.

문제는 많은 사람들이 '내가 좋아하지도 않는 일'을 하고 있다며 스스로 불만스러워한다는 점이다. 내가 먼저 주어야 나에게 주어지는 것이 세상 이치다. 그것이 보상이 됐든 성취감이 됐든 일단은 내가 먼저 주어야 하는 것이다. 지금 마주하고 있는 일이 재미없다고, 지금 위치가 초라해 보인다고 짜증만 낸다면 그건 자기 능력이 얼마나 위대한지 시험해보지도 않고 달아나는 것과 같다.

좋아하지 않는 일을 하면 처음에는 낯설고 서툴다. 재미있을 리도 없다. 그러나 한두 번 하다 보면 흥미도 생기고, 흥미가 생기면 일을 사랑하게 된다. 사랑이 시작되면 미치는 것은 순간이다. 지금 자신에게 주어진 일이 무엇이든 그 분야에서 최고가 되도록 노력하는 것, 그 과정이 바로 행복으로 가는 지름길이다.

아인슈타인은 상대성 이론을 설명하면서 "미인과 함께 있는 1시간은 1초와 같고, 난로 위에 놓인 손은 1초가 1시간 같다"고 말했다. 상대성 이론에 대해서는 잘 모르지만, 이 말에는 정말 동감한다. 나의 지난 75년간의 인생은 그리 길지 않은 시간이었다. 모든 것이 재미있었고 즐거웠다. 물론 힘겨운 시간도 없지 않았지만 그것도 잠시뿐, 목표를 세우고 하나둘 성취해나가기 시작하니 힘겨운 시간은 즐거운 시간으로 변해있었던 것이다.

# 세상에서 가장
# 달콤한 초콜릿

화장실에 가면 간혹 청소하는 아주머니와 마주친다. 그런데 청소를 하시는 분들은 공통점이 있다. 하나같이 일을 하면서 표정이 일그러져있다는 것이다. 콧노래를 부르며 일하는 청소부는 지금까지 거의 보지 못했다. 대부분은 세면대에 비눗물을 흘린 사람을 비난하고, 바닥에 휴지를 떨어뜨린 사람을 욕한다. 그것도 혼자 그렇게 생각하는 것이 아니라 용변을 보고 있는 모든 사람에게 들으라는 듯이 투덜거린다. 그들 스스로 하찮은 일을 한다고 생각하기 때문에 이토록 불만이 많은 것인지, 아니면 불만이 많은 삶을 살아왔기 때문에 청소부를 하게 된 것인지 알 수 없다. 그러나 분명한 것은 청소부들은 대부분 불만이 많다는 것이다. 그러나 나는 하찮은 직업은 없다고 생각한다. 청소도 잘만 하면 전문직이 될 수 있다. 요즘에는 청소만 전문적으로 하는 회사도 있지 않은가.

## 🦋 자신의 일을 사랑하는 사람이 프로

대기업 부회장으로 있던 시절, 가끔 파출부 아주머니를 불렀다. 직접 사람을 부른 것은 아니고 용역 회사에 전화를 하면 매번 다른 분이 오셨다. 파출부 아주머니가 오시면 나는 열쇠를 주고 출근했으므로 일하는 것을 볼 기회가 거의 없었다.

하루는 집에서 쉬느라 파출부 아주머니와 마주한 적이 있다. 나는 쉬고 있었고 그분은 일을 하고 있었으니 자기 처지가 불만스러울 수도 있었을 것이다. 그런데 그 아주머니는 불만의 정도를 넘어 마치 자신의 일을 증오하고 있는 것처럼 보였다. 불만이 가득한 표정으로 눈에 보이는 곳만 치우고 빨리 끝내고 싶어했다.

일이 어느 정도 끝났을 때 나는 직접 차 두 잔을 끓였다. 그리고 식탁에 마주앉아 자연스럽게 말을 걸었다.

"남의 집 일 하느라 힘드시죠. 일하시는 모습을 보니 많이 피곤

하고 힘드신가 봐요. 게다가 제가 드리는 돈도 전부 가져가는 것이 아니라 용역 회사에 일부를 떼 주죠?"

"예. 만 오천 원을 회사에 주게 되어있어요."

"일은 아주머니가 다 하는데 그렇게나 많이 떼어 주니 기운이 더 빠지긴 하겠네요. 그런데 저 같으면 이왕 하는 청소, 내 집을 치우는 것처럼 즐겁게 할 것 같습니다. 아주머니는 어떻게 생각할지 모르지만 저는 그렇게 일하는 게 집 주인인 저를 위해서가 아니라 아주머니 자신을 위해서 더 좋은 일이라고 생각해요."

나는 아주머니에게 파출부도 엄연한 직업이요, 사업입니다. 이왕 시작한 사업에 성공하시려면 우선은 자기 직업에 대한 자부심도 있어야 하고 투자도 해야 합니다. 처음 방문할 때에는 웃는 얼굴로 자기소개도 좀 하고요. 남들과 다른 인상을 주는 것이 중요하니까 선투자를 조금 하는 것도 좋겠지요. 자신에게 일을 할 수 있도록 기회를 준 대가로 장미 한 송이를 사 가서 식탁 위에 올려 두는 것이 어떨까요? 이런 말부터 부드럽게 시작했다.

그리고 그렇게 하면 다른 파출부와 달라서 쉽게 기억할 것이며, 그러면 용역 회사를 통하지 않고도 얼마든지 일을 구할 수 있을 것이라고 했다. 아울러 다른 파출부들이 하는 것보다 더 일을 잘하면 웃돈을 주고서라도 서로 아주머니를 모셔가기 위해 혈안이 될 것이라고 했다. 그러면 아주머니는 지금까지 일하면서 쌓았던 노하우로 파출부 회사를 만들 수도 있을 것이며, 일은 더욱 재미있어질 것이라고 말했다. 고액 연봉을 받는 운동선수만 프로가 있는 것이 아니라 자신의 일을 사랑하는 사람은 모두 프로라는 말도 했다. 그 후 다시 그 아주머니와 연락이 되지 않았다.

일 년쯤 지났을까. 어느 날, 집에 커다란 초콜릿 상자가 배달되었다. 누가 보냈는지 살펴보았으나 알 수가 없었다. 곰곰이 생각해보니 그 사람은 일 년 전에 우리 집에서 잠시 이야기를 나눴던 그 파출부였다. 초콜릿 상자 속에는 작은 편지가 하나 들어있었다.

"안녕하세요, 서 부회장님. 저는 1년 전 부회장님 집에 파출부로 일하러 갔던 사람입니다. 그날 부회장님의 말씀을 들으면서 부끄럽기도 했지만 많은 것을 깨달았습니다. 그날 이후 프로 정신을 가지고 일하려고 노력했습니다. 그리고 1년이 지난 지금은 파출부 아주머니 12명을 직원으로 데리고 있는 사장이 되었습니다. 이 모두가 그때 서 부회장님이 저에게 해주신 말씀 덕분입니다. 감사한 마음이야 다 전하기 어렵지만 그래도 1년 되는 날 인사는 드려야 할 것 같아 조그만 선물을 보냅니다."

초콜릿이 원래 달콤하지만 그 초콜릿은 유난히 더 달콤했다.

하찮은 직업으로는 행복하기도 어렵고 성공하기도 어렵다고 생각한다. 그러나 이것은 정말 틀린 생각이다. 어떤 일을 하든지 프로 정신을 가지고 일한다면 그 일은 전문직이다.

## 🦋 하찮은 생각이 하찮은 삶을 만든다

그 파출부 아주머니와 비슷한 사례는 얼마든지 있다. 에버랜드에서 티켓을 파는 평범한 직원이었던 이은예 씨는 눈에 젖은 신발에 발을 동동거리는 아이에게 자기 신발을 벗어줄 정도로 서비스에 투철했다. 무엇을 바란 게 아니었다. 그저 서비스를 하는 것이 행복했기 때문이다. 이런 서비스 정신은 경영진에게도 소문이 났고 평직원에서 아카데미 강사로 발탁됐다.

리츠칼튼 호텔의 한 여자 청소부 일화도 있다. 필리핀 출신의 버지니아 아주엘라 씨는 27세에 미국으로 건너왔다. 자신이 선택할 수 있는 직업은 극히 제한적일 수밖에 없었고 결국 선택한 것이 바로 호텔 청소였다. 그런데 그녀는 언제나 일을 효율적으로 하려고 노력했다. 그런 노력으로 인해 침대보를 효율적으로 개는 법과 욕실 청소 작업 방법도 개선했다. 예컨대 객실 청소 중 가장 손이 많이 가는 침대보를 깔기 위해서 적어도 대여섯 번 침대 주위를

오고 가야 하는 수고를 하게 된다. 그러나 2인 1조로 청소를 하면 훨씬 빨리 깔끔하게 침대보를 깔 수 있다는 사실을 알아낸 것이다. 한 발 더 나아가 세탁된 침대보를 까는 순서 역순으로 접어두는 방법까지 개발했다. 이런 노력으로 인해 그녀는 미국의 권위 있는 생산성 및 품질 대상인 말콤 볼드리지 대상을 수상했다.

〈죠스〉, 〈E. T.〉, 〈쥐라기 공원〉, 〈인디애나 존스〉, 〈쉰들러 리스트〉 등의 영화를 만든 세계적인 영화감독 스티븐 스필버그도 복권에 당첨된 것처럼 일순간 유명해진 것이 아니다.

그는 8살 때부터 영화에 관심을 가지기 시작했다. 어린 시절 영화감독의 꿈은 그저 남들과 비슷한 꿈일 뿐이었다. 그러나 그는 꿈과 목표를 구분할 줄 알았다. 누가 무엇을 마련해주기를 기다리거나 머뭇거리지도 않았다. 17세가 되던 어느 날 오후, 유니버셜 영화사를 관광할 기회가 있었다. 모두 안내원의 지시에 따라 움직였지만, 그는 안내원 몰래 빠져나와 영화사를 혼자 구경하기 시작했다. 관광 일정에는 실제 영화를 촬영하는 곳이 포함되어있지 않지만 그는 영화 촬영 현장에 가보고 싶었던 것이다.

이렇게 한번 발을 들여놓기 시작하자 그는 더 많은 욕심이 생겼다. 다음 날 정장을 하고 아버지의 서류 가방을 꺼내 다시 유니버셜 영화사에 방문했다. 일부러 당당하게 어깨를 펴고 들어가 정문 경비원의 제지도 피할 수 있었다. 혹시 제지를 당할까 봐 관광에서 빠져나와 혼자 돌아다니면서 본 영화 편집자의 이름까지 외울 정도로 치밀하게 준비했다. 영화사 안에 비어있는 트레일러 사무실을 발견한 그는 아예 자기 이름으로 명패까지 만들었다. 얼핏 보기엔 정말 자기가 쓰는 사무실 같아 보일 정도였다. 그리고 한동안 영화사 주변을 맴돌며 동경하던 감독, 작가, 편집인들을 방문했다.

이처럼 목표를 정하고 그 목표를 이루기 위해 노력한 끝에 그는 스무 살에 정식으로 영화사 멤버가 될 수 있었다. 얼핏 보면 대단히 빨리 성공한 것 같아 보이지만 그는 8살 때부터 무려 12년 동안이나 영화 하나만을 바라보고 그것을 위해 노력했다. 12년 만에 영화사의 정식 멤버가 될 수 있었던 것은 그가 아주 어렸을 때부터 프로 정신을 갖고 있어서였다.

나 역시 사업을 하기 전에 길바닥에서 되지도 않는 영어로 춤추고 노래 부르며 장사를 시작했다. 누가 봐도 하찮은 일이었다. 더러는 손가락질하며 비웃기도 했다. 그러나 나는 하찮은 직업이란 없다고 생각했기 때문에 시장 좌판 상인에서 사업가로 성장할 수 있었다. 지금 하고 있는 일이 별 볼일 없다고 생각하지 말자. 하찮은 일이란 없다. 자신의 일을 하찮게 생각하는 사람이 있을 뿐이다. 지금 하고 있는 일을 하찮게 생각하면, 그 일을 하고 있는 자신역시 하찮은 사람이 될 수밖에 없다. 그러니 프로가 되자. 프로가되면 누구든 일에 미칠 수 있고, 행복할 수 있다.

# 어떤 표정으로 일하는가?

나는 하루의 거의 대부분은 웃고 있다. 거울을 보면서 항상 웃는 연습을 한다. 화장실에서 큰일을 볼 때조차 웃는다. 물론 일을 할 때도 언제나 웃는다. 최근에는 강의를 하는 일이 많은데, 강의를 하면서도 웃는다. 이런 나를 보고 사람들은 가끔 신기한 듯 묻는다.

"뭐가 그렇게 즐거우세요?"

그러면 나는 이렇게 답하곤 한다.

"일할 수 있다는 게 즐겁지 않으세요?"

그러면 사람들은 다시 한 번 신기한 듯 쳐다본다.

대부분의 사람들은 일을 하면서 웃지 않는다. 일은 먹고살기 위해 어쩔 수 없이 해야 하는 것이라고 생각하기 때문이다. 즉 나의 소중한 시간을 소비하는 대가로 월급을 받는 것일 뿐이며, 만약 일을 하지 않아도 풍족하게 살 수 있다면 일하지 않을 것이라고 생각한다. 그러면서 조금이라도 이른 은퇴를 꿈꾼다. 그래서 《젊어서 부자아빠로 은퇴하기》 같은 책들이 인기가 많다. 그러나 일은 단순히 월급을 받기 위해서 하는 것이 아니다. 행복하기 위해서 하는 것이다.

## 🦋 '달인'의 웃는 얼굴

최근 〈생활의 달인〉이라는 TV 프로그램을 즐겨 본다. 지난 2005년 시작한 프로그램인데 아직까지 인기를 유지하고 있다. 여기에 나오는 달인들은 우리와 별다를 것 없어 보이는 사람들이다. 단 하나 다른 점이 있다면, 그 누구보다도 잘하는 것이 딱 한 가지 있다는 것이다. 어떤 달인은 라면을 잘 끓여 방송에 나오고, 또 어떤 달인은 붕어빵을 기가 막히게 잘 만든다. 다림질을 끝내주게 잘하는 사람이 있는가 하면, 마늘 썰기 하나만큼은 타의 추종을 불허하는 사람도 있다.

이런 달인들을 보면 하나같이 똑같은 표정이다. 일하는 것이 즐거워 웃지 않고는 견딜 수 없다는 얼굴이다. TV에 출연한 달인 중 상당수는 좋은 학교를 졸업하지 못했다. 배움이 길지도 않고, 부자도 아니다. 그러나 오랜 시간 동안 자신의 일을 즐기면서 노력했기 때문에 얼굴에는 미소가 떠나질 않는다.

프로그램을 보다 보면 PD가 가끔 달인에게 이런 질문을 던진다.

"뭐가 그렇게 즐거우세요?"

그러면 대부분의 달인들은 이렇게 대답한다.

"재미있게 일도 하고 돈까지 버니 얼마나 좋아요?"

만약 달인들이 대충 시간이나 보내고, 월급이나 받아야겠다고 생각했다면 그처럼 웃으면서 일하지 못했을 것이다. 그리고 달인의 경지에 오르지도 못했을 것이다. 그들이 달인이 된 이유는 일을 즐겼기 때문이다.


## 🦋 아르바이트생이 대기업 이사가 된 비결

흔히 사람들은 월급 받는 만큼 일하면 그만이라고 생각한다. 그도 아니면 정해진 시간만큼만 일하면 그만이라고 생각한다. 일을 그저 노동이라고 생각할 뿐이다. 노동은 절대 즐거운 것이 아니다. 고용주의 입장에서 봐도, 이런 생각을 하는 사람들은 언제든지 다른 사람과 교체할 수 있는 그야말로 '노동자'일 뿐이다.

아무리 오랜 시간을 일해도 전문성이 증가하지 않고, 전문성이 증가하지 않으니 생산성도 증가하지 않는다. 생산성 증가가 없으니 당연히 월급도 높아지지 않는다. 또한 전문성과 생산성이 높지 않기 때문에 독립해서 회사를 꾸려나갈 수도 없다. 월급도 많지 않고 독립할 수도 없기 때문에 언제나 경제적인 어려움에 시달릴 수밖에 없으며, 결국 이 모든 것들로 가장 큰 피해를 보는 것은 자기 자신이다.

그런데도 많은 사람들이 월급을 더 많이 받으면 더 많이 일할 것이라고 생각한다. 이 생각은 원인과 결과가 뒤바뀐 것이다. 월급을 더 많이 받으려면 먼저 더 많이 일해서 전문성을 높여야 한다.

전문성을 높이면 자연스럽게 생산성이 높아진다. 혼자 두 명이 할 일을 해내면, 고용주는 생산성의 크기만큼 임금도 높여줄 것이다. 만약 그렇지 않다면 당당히 요구하면 된다. 또한 경쟁 업체에 스카우트가 될 수도 있으며, 스스로 다른 회사를 찾을 수도 있다. 전문성이 있어 다른 사람들보다 생산성이 높으면, 그만큼 더 대우를 받을 수 있다.

레스토랑 아르바이트를 하던 여대생이 있다. 접시 하나를 닦아도 얼룩은 물론 물기 하나 없었다. 청소를 해도 남들보다 더 깔끔하게 했으며 출퇴근도 항상 모범적이었다. 그런 자세가 눈에 띄어 레스토랑에서 정식 입사 제안을 받았다. 그리고 입사 후 불과 5년 만에 본사의 마케팅 이사가 된다. 그녀가 아르바이트를 했던 레스토랑은 미국 외식업계 4위였던 아웃백 스테이크하우스다. 일하는 태도 하나만으로 대기업 이사까지 초고속 승진을 한 그녀는 스테이시 가델라다.

일은 사는 동안 평생 해야 한다. 그 일을 단지 노동으로 받아들일 것인지 아니면 행복의 또 다른 이름으로 받아들일 것인지는 모두 마음먹기에 달렸다. 나는 피하지 못할 것이라면 차라리 즐기는 게 더 좋겠다고 생각했다. 그래서 힘든 순간에도 행복했다. 그 순간만 넘기면 더 많은 기쁨들이 기다리고 있다는 것을 깨달았기 때문이다.

# 단점이란
# 피부의 작은 점과 같다

오래전 신혼 때 일이다. 회사 일로 피곤하여 아내보다 일찍 잠자리에 들었다. 집안을 정리하고 뒤늦게 옆에 누운 아내는 내게 넌지시 물었다.

"자기는 누가 제일 좋아?"

아내는 아마 이런 대답을 원했을 것이다.

"응. 세상에서 자기를 제일 좋아하지."

그런데 실제로 나는 이렇게 말했다.


"세상에서 제일 좋아하고 사랑하는 사람은 나야. 나를 좋아해야 다른 사람을 좋아할 수 있으니까."


세상에서 가장 좋아하는 사람은 자기 자신이 되어야 한다. 이런 생각은 지금도 변하지 않았다. 자기 자신을 좋아하지 않으면 다른 사람도 좋아할 수 없으며, 다른 사람을 좋아하지 않는 사람은 그 누구도 좋아해주지 않는다.

그런데 자기 자신을 그다지 좋아하지 않는 사람들이 의외로 많다. 왜 자신을 좋아하지 못하는 것일까? 그건 자기의 단점만 크게 생각하기 때문이다. 장점이 단점보다 더 많은데도 단점만 생각한다.


'나는 영어를 잘 못해서 바이어들을 만날 때면 어떻게 해야 할지 난감해.'

'나는 젊은 사람들처럼 컴퓨터에 능숙하지 못해.'

'우유부단하고 새로운 일을 하는 것이 두려워서 조그마한 일에도 의기소침해져.'

이런 식으로 단점만 생각하고 있기 때문에 자신감을 가질 수 없고, 자신감이 없기 때문에 스스로를 좋아할 수도 없게 되는 것이다.

그러나 단점 하나 있다고 문제되는 것은 별로 없다. 대부분의 단점은 피부에 난 작은 점에 불과하다. 자기 자신만 신경 쓰지 않으면 그 누구도 눈여겨보지 않는다. 그러므로 단점을 보지 말고, 단점을 능가하는 장점을 보아야 한다.

'영어 회화는 못하지만 중국어는 원어민처럼 말할 수 있지.'

'컴퓨터는 못하지만, 그동안의 경험으로 분석력은 뛰어나지. 그러니 컴퓨터는 잘하는 젊은 사람들에게 맡기고 나는 그 자료를 분석하는 일에 전념하겠어.'

'나는 우유부단한 면도 없지는 않지만, 그만큼 꼼꼼해서 실수하는 일이 없지. 한 치의 실수도 용납해서는 안 되는 일이라면 무엇이든 맡겨줘.'

이처럼 생각하면 단점은 아무것도 아닌 것이 된다. 즉 자신이 잘하는 일을 더욱 잘하기 위해서 몰두하기 시작하면 자기 자신이 더욱 좋아지는 것이다. 그리고 잘하는 일, 좋아하는 일을 하다 보면 실수를 하거나 실패를 해도 그 자체를 순수하게 받아들일 수 있다. 지금 겪은 실수나 실패는 성공으로 가는 하나의 과정이라고 생각할 수 있기 때문이다.


## 🕊 말더듬이 대통령


자신의 단점을 극복하는 가장 쉬운 방법이 있다. 그것은 그냥 단점을 단점이라고 인정해버리고 공개하는 것이다. 영화 〈대통령〉을 보면 주인공이 후보 시절 말더듬이를 고치려고 무척 노력하는 장면이 나온다. 갖은 방법을 동원해도 효과가 없자 마지막으로 차라리 그 말더듬이를 장점으로 이용하는 방법으로 해결했다. 그가 사람을 처음 만나거나 많은 사람 앞에서 이야기해야 할 때면 언제나 자신의 단점을 공개하는 것으로 시작한다.

"죄,죄,죄송하,합니다. 사실 저는 마,말을 조,조금 더,더듬습니다. 그러니 양해 부,부탁드리,립니다"라고 하는 식이다. 이렇게 시작하고 나면 그 누구도 더 이상 그가 말을 더듬는 것을 신경 쓰지 않는다. 오히려 더 집중해서 들으려고 하기 때문에 전달력이 높아지기까지 하다.

대부분의 사람들은 자기의 단점을 드러내기를 꺼린다. 단점을 드러내지 않아야 호감을 살 수 있다고 생각하기 때문이다. 하지만 감추려고 하면 할수록 오히려 역효과만 초래한다. 단점을 들키지 않으려고 온갖 신경을 쓰느라 정작 상대방과의 대화는 자연스럽게 흐르지 않는다. 그렇게 되면 본래 장점은 더욱 감춰지고 단점은 더욱 커 보이게 된다.

단점은 피부에 있는 아주 작은 점일 뿐이다. 얼굴에 점이 있다고 해도 본인이 크게 신경 쓰지 않으면 별게 아니다. 눈에 잘 띄지도 않는다. 자꾸 가리려고 하면 할수록 다른 사람들이 그게 무엇인지 궁금해 들춰보려고 한다. 오히려 드러내버리면 그것은 더 이상 단점이 아닌 일반적인 특성이 되어버린다. 단점을 자랑까지 할 수 있다면 그것은 단점이 아닌 장점이 될 것이다. 나의 말더듬이 친구처럼 말을 더듬어 듣는 사람으로 하여금 더 집중할 수 있게 만들 수도 있는 것이다.

# 인생은 연기가 아니다

강의를 하다 보면 이따금 인생의 조언을 구하는 청중들이 있다. 그러면 나는 거의 대부분 '연기하지 말고 진실로 자기 인생을 살라'고 말한다. 그게 진정한 행복으로 가는 길이기 때문이다.

많은 사람들이 '다른 사람의 시선을 생각해서', '남들도 모두 그렇게 하니까' 라는 식으로 주위를 의식한다. 지켜보는 관객도 없는데 자기 혼자만 연기를 하고 있는 셈이다. 그런데 자기 인생을 사는 것이 아니라 연기하는 삶을 살면 얼마 가지 않아 지치게 된다. 쓸데없는 곳에 에너지를 낭비하기 때문에 방전되는 것이다. 그래서 진정으로 에너지를 쏟아야 할 곳에는 제대로 힘을 쓰지 못한다.

## 🦋 행복을 찾아 떠나는 여행

많은 사람들이 하고 싶은 일을 하지 못하는 이유는 지금까지 그 길을 걸어왔기 때문이다.

한 의사의 예를 들어보자. 그 의사는 음악이 하고 싶었다. 기타를 치고 건반을 연주하면 시간이 가는 줄도 몰랐다. 그러나 그의 부모님은 아들이 음악을 하는 것을 좋아하지 않았다. 결국 가수의 꿈을 접고 치과의사가 된 그는 남들이 부러워할 만큼의 수입과 지위를 얻었다. 그러나 그는 자기 인생이 하나도 즐겁지 않다. 하루 종일 좁은 방에 앉아 환자들의 입속만 들여다보는 단조로운 생활이 지겨울 뿐이다. 하고 싶은 일이 아니었기 때문에 보람도 없다. 그저 조금이라도 빨리 은퇴하기를 꿈꿀 뿐이다.

나는 그 의사에게 지금이라도 늦지 않았으니 음악을 다시 시작해보라고 말했다. 동호회에 가입하거나 밴드를 만들고 퇴근 후나 주말마다 한바탕 놀아보는 것이 어떻겠냐고 권한 것이다. 그는 '지금 50세가 넘었는데 무슨 음악을 다시 시작하냐'며 '나이와 지위에 어울리지 않는다'고 답했다. 그는 아직도 자신의 인생을 지루해하며 하루하루를 보내고 있다.

또 다른 사람이 있다. 대기업 부장으로 은퇴하고 지금은 작은 와인 바의 사장으로 새로운 인생을 살고 있다. 그가 회사원으로 일을 시작할 때는 자신이 와인을 좋아하는 줄도 몰랐다. 그도 그럴 것이 그 당시에는 와인을 접하기도 쉽지 않았다. 40대에 와인을 처음 맛보고는 와인의 매력에 흠뻑 취하게 된다. 해외에 나갈 때마다 좋은 와인을 찾기 위해 발품을 팔았다. 한국에서도 와인 공부에 열중했다. 은퇴 시기가 다가오자 와인 소믈리에 자격증을 획득했고, 퇴직금을 투자해 작은 와인 바를 마련했다.

그저 좋은 사람들과 와인을 즐기는 것이 좋아 시작한 일이기 때문에 단골 외에 소문이 나는 것을 원치 않는다고 한다. 그래서 소득은 대기업 부장 수준보다 높지 않다. 그러나 그가 느끼는 행복의 수준은 대기업 부장일 때보다 훨씬 높다. 비로소 연기를 하는 것이 아닌 자기 인생을 살고 있기 때문이다.

건설업에 종사하던 한 분은 그림을 그릴 때 행복하다고 말한다. 예순이 다 되어 자녀들을 독립시킨 후 주말마다 멋진 중절모를 쓰고 공원에서 따뜻한 햇살을 받으며 캐리커처를 그린다. 날씨가 좋지 않으면 경기도에 있는 자기 집에서 작품을 만든다. 그리고 그 집의 일부를 미술관으로 개조하여, 관광객들에게 볼거리와 먹을거리를 제공하며 제2의 전성기를 즐기고 있다.

꿈과 목표는 무형의 자산이다. 볼 수도, 만질 수도, 느낄 수도 없다. 그러나 그 어떤 자산보다 더 큰 힘을 발휘한다. 꿈을 꾸고 목표를 세우면 어느 곳으로 향해야 할지 명확하게 그려지기 때문이다. 자기의 꿈에 미쳐 그 꿈을 이루기 위한 목표에 미쳐 달려가다 보면 그 꿈이 무엇이든 이룰 수 있다.

별똥별을 보고 소원을 빌면 이루어진다고 한다. 이 말의 숨은 의미는 매우 크다. 별똥별이 떨어지는 그 찰나의 순간에도 소원을 빌 수 있을 정도라면 정말 간절히 원하는 것이며 그토록 간절히 원하는 것이면 그 소원을 이루기 위해 노력할 것이다. 그리고 미친 듯이 노력하면 이루지 못할 것이 없다. 그래서 별똥별을 보고 소원을 빌면 이루어진다는 말은 진리라고 나는 생각한다.

## 행복의 크기를 제한하지 말자

우리는 배우가 아니다. 우리는 연기를 하기 위해 인생을 살아가는 것이 아니다. 단지 행복을 찾아가는 여행을 하는 것이다. 만약 착실한 회사원을 연기하고 있다면 또는 단지 성실한 사람을 연기하고 있다면 지금 당장 가면을 벗자. 내 인생은 내가 사는 것이다. 그 누구도 내 인생을 대신 살아주지 않는다.

흔히 사람의 욕심은 끝이 없다고 한다. 앉으면 눕고 싶고, 누우면 자고 싶다고도 한다. 그런데 이런 사소한 행복의 욕심은 끝이 없을지 몰라도, 많은 사람들이 조금 큰 행복의 욕심은 마음속

깊은 곳에 접어두고 살아가고 있다.

많은 사람들이 꿈꾸는 행복은 부자가 되어 넓고 안락한 집에서 평생 돈 걱정 하지 않고 가족들과 웃으며 살아가는 것이라고 말한다. 이런 꿈을 이루려면 지금과 같은 상태에 머물러서는 안 된다. 회사원이라면 몸값을 높여야 하며 자영업자라면 사업을 키워야 한다. 행복에 다가가기 위해 치러야 할 대가가 두렵다고, 혹시라도 마주하게 될 시련이 두렵다고 현실에 안주해서는 안 된다.

자기 계발 분야의 최고 전문가인 데일 카네기가 말한 것처럼 사람들이 자신의 인생에서 완전한 행복을 느끼지 못하는 이유 중 하나는 바로 "바라는 게 적고, 적은 것에 안주하는 것"이다. 그래서 "더 높고 더 큰 꿈이 우리들의 굳은 신조여야 한다"며 "희망을 크게 이상을 높게 들라"고 말했다. 기업 분석가이자 컨설턴트인 짐 콜린스 역시 "뻔뻔하리만큼 대담한 목표를 가져야 한다"고 말한다.

즉 행복의 크기를 제한하지 말고, 현실에 맞춰 연기하기 위해 쓴 가면을 벗어던지라는 것이다. 그 가면을 벗고 온전한 자기 모습을 발견하면 더 멋진 곳으로 나아갈 수 있다. 지금보다 훨씬 멋진 모습을 상상하자. 더욱 편안해지고 더욱 즐거워진 모습을 그려보자. 관객은 필요 없다. 우리는 연기하는 것이 아니다. 이제 가면을 벗고 진정으로 원하는 것을 찾아 조금씩 나아가보자.

별똥별을 보고 소원을 빌면
이루어진다고 한다.
별똥별이 떨어지는 그 찰나에
소원을 빌 정도로
간절히 원하는 것이면
이루어진다는 뜻일 것이다.

# 성공이란 무엇인가

많은 사람들이 성공을 꿈꾼다. 젊은이도 늙은이도 그리고 남성도 여성도 모두 성공을 꿈꾼다. 자기 자신이 성공하지 못했더라도 자녀만은 반드시 성공하기를 꿈꾼다. 그렇다면 성공이란 무엇일까?

단순히 돈이 많다고 성공한 사람은 아닐 것이다. 부자 중에서도 행복하지 않은 사람이 많다. 대기업 총수가 스스로 목숨을 끊기도 하며 모든 것을 다 가진 것처럼 보였던 유명인이 우울증에 시달리기도 한다.

# 🦋 성공은 숫자로 표현할 수 있는 것이 아니다

우리는 어렸을 때 모두 꿈을 꾸었다. 더러는 대통령을 꿈꾸기도 했으며, 외교관이 되기를 바라기도 했다. 과학자와 운동선수, 연예인 등을 원하기도 한다. 어렸을 때 희망했던 이런 꿈을 소득과 관련한 숫자로 생각하지는 않았을 것이다. 그저 어떤 모습에 대한 동경으로 꿈의 방향을 잡았을 것이다. 그러나 성인이 되고 현실에 굴복하면서 연봉 액수로 성공을 진단한다. 얼마를 벌었고, 얼마를 보유하고 있느냐에 따라서 그 사람의 성공을 가늠하는 것이다.

잠시 어렸을 때로 생각을 되돌려보자. 5살 무렵 우리를 행복하게 하는 것은 대부분 돈과 관련되지 않은 것들이었다. 엄마의 관심과 아빠의 사랑, 그리고 친구들과의 놀이가 행복의 조건이었을 것이다. 삶에 대한 철학을 이야기하려는 것이 아니다. 다만 성공을 단순히 숫자로 표현해서는 안 된다는 것이다.

스스로 목숨을 끊은 대기업 총수는 비록 많은 자산을 보유하고 있었지만 성공한 삶을 살지는 못한 것이다. 우울증에 걸린 유명인도 마찬가지다. 그들은 성공한 것이 아니라 단지 부유한 삶을 산 것일 뿐이다.

그렇다면 어떤 것이 성공한 삶인가? 그것은 삶에 대한 만족도로 평가하는 것이다. 얼마 전 타계한 성철 스님은 성공한 삶을 살다 간 것일까? 나는 그렇게 생각한다. 그는 그의 책에서 말한 것처럼 정말 '무소유'했다. 그러나 행복만큼은 누구보다도 많이 가졌다. 그래서 그 행복을 많은 사람들에게 나눠줄 수 있었으며, 행복을 나눠주는 방법까지 전파할 수 있었던 것이다.

다시 강조하지만 성공이란 단순히 많은 돈을 버는 데 있지 않다. 아무리 돈을 많이 벌어도 부정한 방법으로 부를 축적했다면 그 사람은 자신의 인생을 돌아볼 때 결코 행복하다고 생각하지 않을 것이다. 아울러 현재 많은 돈을 벌고 있어도 타인을 힘들게 해서 부를 쟁취한다면 결코 행복하지 못할 것이다. 아니, 어쩌면 불안한 삶을 지탱하고 있을지도 모른다. 타인을 힘들게 한 만큼 언젠가 그들도 자신을 힘들게 할 수 있다고 생각한다. 인간관계는 거울과 같아서 내가 행한 것처럼 남들도 나에게 비슷하게 대하기 때문이다.

우리가 지금 하고 있는 모든 것은 더욱 행복한 삶을 살기 위한 것이지, 단지 더욱 부유해지기 위한 것이 아니다. 따라서 마음의 평화는 다른 모든 목표들이 따라야 할 상위 목표여야 한다. 사실 성공의 정도는 우리가 느끼는 행복, 만족감, 풍요로움, 즉 우리가 누리는 마음의 평화 수준과 동일하다. 사람은 결코 돈만을 벌기 위해 사는 것이 아니다. 행복한 삶이란 부정한 방법으로 부를 쟁취하는 것이나 타인이 선택한 것을 어쩔 수 없이 행하는 것이 아닌, 자신이 선택한 길을 가는 것이다.

# 성공과 행복의 열쇠는
# 주머니 속에

성공의 비밀, 행복의 비밀은 알고 보면 너무 간단하다. 기존의 사고방식이나 고정관념을 송두리째 깨버리고 다시 태어나는 기분으로 새로운 준비를 하면 된다.

학벌이 있어야 성공한다. 돈이 있어야 행복하다. 이런 것들은 모두 거짓말이고 자기변명이다. 학벌이 있다고 성공한다면 학벌 없이 성공한 사람은 무엇인가? 요즘 최고의 주가를 올리고 있는 애플의 스티브 잡스도 대학을 6개월 밖에 다니지 않았다. 파나소닉 창업자이자 일본 경영의 신이라고 칭송받는 마쓰시타 고노스케는 초등학교도 나오지 못했다. 현대그룹을 창업한 정주영 회장

역시 학교는 가보지도 못했다.

　돈이 있어야 행복하다면 부자가 아닌 모든 사람은 불행하다는 뜻인가? 돈으로 큰 집을 살 수는 있어도 행복을 살 수는 없다. 돈으로 사람을 구할 수는 있어도 사랑을 구할 수는 없다. 그리고 거액의 재산 분배 문제로 등을 돌리는 가족들을 어렵지 않게 찾아볼 수 있다. 그들은 돈이 있지만 행복과는 거리가 멀다.

　사람들은 전부 성공과 행복의 문을 여는 열쇠를 지니고 태어났는데 단지 학벌과 돈이 없다고 자신의 주머니를 뒤져보지 않는다. 주머니 속에 열쇠가 들어있는데도 괜한 곳만 더듬을 뿐이다. 마치 파랑새를 찾기 위해 먼 길을 떠나는 것과 같다. 파랑새는 우리의 마음속에 이미 존재한다.

## 당신, 그 자체가 성공의 도구다

우리가 살고 있는 이 세상은 시장 경제 체제다. 시장 경제 체제는 무엇이든 잘 파는 사람이 제일이다. 어떤 것이든 잘 팔기만 하면 성공할 수 있다. 우리나라는 세일즈에 대해 거부 반응이 심하지만 사실 조금만 깊이 생각해보면 입사하려고 하는 것도 자기 자신을 세일즈하는 것이다. 반대로 기업의 입장에서는 임직원에게 기업

자체를 세일즈한다. 즉, 좋은 인재에게 기업 자체를 어필해, 인재들이 기업을 구매할 수 있게 하는 것이다.

따지고 보면 거의 모든 관계는 거래다. 따라서 좋은 거래를 할 수 있도록 노력한다면 누구든 성공할 수 있으며 행복할 수 있다. 다만 성공을 위해서는 잘 팔기 위해 노력해야 하고, 행복을 위해서는 잘 팔기 위해 하는 노력에 미치면 되는 것이다. 아울러 판매를 잘하기 위해서는 품질을 높여야 하고 포장을 잘해야 한다.

품질을 높이고 포장을 멋지게 해야 잘 팔리는 것은 사람도 마찬가지다. 태도가 좋지 않고 어딘가 불량해 보이는 사람이라면 잘 팔리지 않는다. 따라서 예로부터 사람을 평할 때 '신언서판身言書判'의 순서로 중시하라고 했다.


## 🦋 첫 번째 성공의 도구 '신체(身)'

물건을 잘 팔려면 품질도 좋아야 하지만 우선 포장을 잘해야 한다. 아무리 물건이 좋다고 해도 보기에 좋지 않으면 지갑을 열지 않는다. 사람도 별반 다를 바 없다. 성형 수술을 해서 예쁘고 멋있게 바꾸라는 뜻이 아니다. 누구와 마주하더라도 당당하고 귀티가 나야 한다. 학벌이 성공 도구가 아니라 태도에서 풍기는 분위기가 성공

사람들은 모두 성공과 행복의 문을
여는 열쇠를 가지고 태어났다.
주머니에 손을 넣어 꺼내지 못하고
있을 뿐이다.
이미 집에 있는 파랑새를 찾아
먼 길을 떠나는
치르치르와 미치르처럼.

의 도구다.

하버드 대학의 입시 사정관 회고록을 보면, 입학을 원하는 학생들 성적은 모두 1등급이다. 그래서 면담을 통해 합격 여부를 결정한다. 그런데 면담을 시작하기도 전에 학생들의 입학 여부가 90퍼센트 이상 결정된다. 들어올 때부터 앉을 때까지 학생들의 면면을 살펴보고 결정하는 것이다. 면담의 내용은 거의 대부분 형식적이다. 20년 후 조사를 해보니, 이처럼 직관적으로 학생들의 태도를 보고 결정을 내린 것이 옳았다. 얼굴에 나타나는 긍정적인 태도, 열정이 넘치는 표정, 어딘지 모르게 훈훈한 느낌을 주는 학생들은 나중에 하버드를 대표하는 인재들이 되었다.

또한 성공을 하고 행복을 나누려면 좋은 인맥을 형성해야 하는데, 초라해 보이고 어딘가 불편한 모습으로는 좋은 인맥을 형성할 수 없다. 지인 중 하나인 대기업 사장은 협력 중소기업을 선택할 때 단 한 가지를 집중적으로 본다고 한다. 그것은 바로 협력 업체 사장이 미팅을 하는 동안 얼마나 웃고 있는가 하는 점이다. 사장의 얼굴에 웃음이 많으면 그 기업은 대부분 문제가 없는데, 어딘지 모르게 어두우면 십중팔구는 문제를 일으켰다는 것이다. 따라서 성공을 하기 위해서는 가장 먼저 '신身', 외모를 중시해야 한다.

꿈을 가지면 표정은 자연스럽게 좋아진다. 표정이 밝아지면 관상도 피는 법이다. 꿈이 있고 목표를 향해 전진하면 마음이 안정되고 자신감이 생긴다. 그러면 세상을 더욱 긍정적으로 볼 수 있다. 꽃에서 향기가 나는 것처럼 자신감이 외부로 드러나 더욱 당당해지고 여유로워지는 것이다. 따라서 좋은 외모를 갖기 위해서는 가장 먼저 꿈을 가져야 한다. '관상은 불여심상觀相 不如心相'이라 했다. 가슴에 꿈을 심으라. 그리고 그 꿈에 미쳐보라! 그러면 희망이 보이고, 희망이 보이면 성공은 바로 눈앞까지 다가온 것이다.

## 🦋 두 번째 성공의 도구 '말(言)'

맛있는 것만 먹기 위해 입이 있는 것이 아니다. 좋은 말을 해서 상대방에게 기쁨을 주라고 입이 있는 것이다. 성공을 꿈꾸며 행복을 원하면서도 말을 잘하는 사람은 별로 없다. 말을 잘하는 것은 별로 어려운 것이 아니다. 그저 상대방에게 진정으로 듣기 좋은 얘기를 하면 된다.

　오늘 저녁 집에 들어가 배우자에게 이렇게 얘기해보자. "여보! 당신을 사랑해", "나는 당신을 믿어", "당신이 있어 내가 정말 행복해" 이런 말을 하면 배우자는 수억 원을 가져다준 것보다 더 행복한 표정을 지을 것이다.

　좋은 말을 하는 것은 자녀 교육에도 최고다. 엄마 아빠가 사랑하는 말을 주고받으면 그 말을 듣는 자식들은 자연스럽게 사랑을 배운다. 그리고 자녀들에게 "너는 어디를 가도 무엇을 해도 성공할 거야", "세상에 너처럼 행복한 사람은 없어", "아빠는 너를 믿어", "무엇을 하든 네가 원하는 일을 해" 이렇게 격려하고 믿음을 주며 자립정신을 키워주면 자녀들은 어렸을 때부터 자부심과 긍지를 갖게 된다.

30명 정원인 학급에서 30등을 했다고 야단치기보다는 "우와! 우리 아들 참 어려운 일 했네! 30등을 하는 것도 쉽지 않은데, 이제 더 이상 내려갈 일도 없으니 올라가기 위해서 노력하자. 다음에는 한 25등 정도 해보는 것이 어때?"라고 격려하면 주눅 들기보다는 도전 의식이 생길 것이다.

내가 아는 한 젊은 엄마는 자기 딸을 부를 때 이름을 부르지 않고 "김 박사님" 하고 부른다. 이상하기도 하고 궁금하기도 해서 참지 못하고 가서 물었다.

"왜 이름을 부르지 않고 박사님이라고 부르시나요?"

딸에게 장래 희망을 물어보니, 훌륭한 의사가 되어 가난한 사람들을 위해 일하는 것이라고 답했다고 한다. 그래서 그 꿈을 잃어버리지 않게 하려고 지금부터 박사님이라고 부른다는 것이다.

공부 잘해야 성공한다고 자녀들에게 성적표의 숫자만 강요하는 부모들이 너무 많다. 어찌 공부만 잘하면 성공할까. 그리고 만약 그게 사실이라고 해도 공부를 못하면 처음부터 성공과는 담을 쌓고 지내라는 얘기인가? 자녀의 성공을 원하는 부모라면 항상 자녀를 격려하여 자신감과 당당함을 키워줄 수 있도록 해야 한다.

두 발로 뛰는 개에 대한 이야기가 화제가 됐었다. 말 못하는 개도 용기를 주고 자립심을 길러주면 두 발로 뛸 수 있다. 문제는 인내와 도전 그리고 실패해도 용기를 잃지 않는 마음가짐이다. 짐승도 사랑받고 있다는 확신만 서면 잠재력을 발휘할 수 있다. 그리고 그런 확신과 믿음을 전할 수 있는 것은 바로 말이다.

## 🦋 세 번째 성공의 도구 '지식(書)'

성공의 세 번째 도구는 지식이다. 그러나 특별한 경우를 제외하고 성공하는 사람들에겐 이것이 그리 중요하지 않다. 지인 중에 성공한 한 사업가는 "사실 사람들이 하는 대부분의 사업은 책 한 권 분량의 지식도 필요하지 않는 것 같다"고 말했다. 나 역시 그 말에 동의한다. 지금은 인터넷이 워낙 발달해있어 지식을 독점할 수 없다. 누구나 조금만 노력하면 성공하고도 남을 정도의 충분한 지식을 얻을 수 있다.

박지성 선수가 좋은 대학을 나왔기 때문에 세계 최고의 명문 구단에서 활약하고 있는 것이 아니다. 그는 최고의 성실성을 갖췄기 때문에 최고가 된 것이다. 박세리 선수도 마찬가지다. 그녀는 최고의 투지를 발휘했기 때문에 최고가 될 수 있었다. 따라서 특별한 경우를 제외하고 지식은 성공하는 도구의 세 번째에 해당한다.


## 네 번째 성공의 도구 '판단력(判)'

옳은 판단을 하기 위해서는 지식이 중요하다. 그러나 그것보다 더욱 중요한 것은 상식이다. 상식적으로 생각하면 거의 모든 지혜를 얻을 수 있다. 하지만 많은 사람들이 상식적으로 생각하지 않고 조금이라도 더 빨리 가기 위해 헛된 꿈을 꾸며, 조금이라도 덜 노력하기 위해 비리를 저지른다. 안타까운 일이다. 이처럼 상식적으로 생각하지 않으면 얼마 지나지 않아 큰 어려움에 부딪히게 된다. 손바닥으로 하늘을 가릴 수는 없는 법이다.

모든 사람들은 태어날 때부터 성공의 도구들을 다 가지고 태어난다. 다만 가지고 태어난 성공의 도구들을 어떻게 활용하느냐에 따라 인생이 달라지고 굴곡이 변하는 것이다. 타고난 성공의 비밀인 그 도구들을 미치도록 갈고 닦고 사용해보자. 그러면 성공은 코앞으로 다가올 것이며 행복은 이미 마음속으로 들어와있을지 모른다.

성공할 수 있다고 생각하는 사람만 성공할 수 있다. 행복하겠다고 다짐하는 사람만 행복을 느낀다. 자신을 믿고 달려보자. 힘이 들면 잠시 눈을 감고 성공한 모습을, 그래서 행복한 자신을 그려보자. 그러면 고통은 안개처럼 사라질 것이고 다시 달릴 수 있는 힘이 주어질 것이다.

# 우리는 행복하기 위해
# 태어난 사람

행복해 미치겠다. 눈을 떠보니 아직 죽지 않고 살아있어 행복하고, 세계 경제 순위 11위의 경제 부국인 대한민국에서 태어난 게 행복하다. 눈으로 아름다운 세상을 볼 수 있어 행복하고 귀로 아름다운 소리를 들을 수 있어 행복하다. 건강한 치아로 맛있는 음식을 마음껏 씹을 수 있어서 행복하고, 향기를 맡을 수 있는 코가 있어 행복하다. 두 발로 걷고 뛸 수 있어 행복하며, 두 손으로 붓을 잡을 수 있어 행복하다.

　이뿐만이 아니다. 사랑하는 아내와 아이들이 있어 행복하고, 부모님이 가난을 물려주어 열정적인 삶을 살아 행복하다. 명절이면 함께 웃을 수 있는 친척들이 있어 행복하며, 자랑스럽고 다정한 친구들이 있어 행복하다.

편안하게 잠잘 수 있는 집이 있어 행복하고, 아늑한 침실이 있어 행복하다. 마음껏 그림을 그리고 책을 볼 수 있는 작은 공간이 있어 행복하고, 개운하게 몸을 씻을 수 있는 욕실이 있어 행복하다. 잠시 쉬면서 맑은 공기를 마실 수 있는 창문이 있어서 행복하며, 따뜻한 음식을 만들어 먹을 수 있는 주방이 있어서 행복하다.

하고 싶은 일을 하면서 살 수 있어 행복하고, 만나고 싶으면 만날 수 있는 사람들이 있어 행복하다. 아직 당뇨나 고혈압 등의 성인병이 없어서 먹고 싶은 것이 있다면 언제든지 얼마든지 먹을 수 있어 행복하고, 떠나고 싶다면 언제라도 함께 동행해줄 동반자가 있어 행복하다.

입을 옷이 있어서 행복하며, 두 켤레의 구두가 있어서 외출할 때마다 어떤 것을 신을지 고민할 수 있어 행복하다. 한껏 멋을 낼 수 있는 나비넥타이가 있어 행복하고, 그럭저럭 나비넥타이가 어울리는 것 같은 내 얼굴을 보면 행복하다. 비를 막아줄 우산도 몇 개 있어 행복하며, 비를 맞아도 시원함을 느낄 수 있어 행복하다.

이 밖에도 행복한 것이 너무나 많아서 헤아릴 수 없을 정도다. 내가 보기에 세상은 온통 행복 천치다.

나와 동년배인 1937년생은 98만 명이 태어났는데 지금까지 살아있는 사람은 23만 명도 되지 않는다. 10명이 태어나 8명은 가족들 곁을 영원히 떠난 셈인데, 나는 아직까지 가족들과 함께할 수 있으니 행복하다. 살아있는 23만 명 중에 상당수는 병원에 누워있거나 당뇨병, 고혈압, 중풍, 치매 등으로 힘들게 살아가고 있을 텐데 나는 여전히 건강해서 행복할 수밖에 없다.

아침부터 이런저런 생각을 해보면 언제나 나는 정말로 행복하고 축복받은 사람이라는 것을 깨닫는다. 설사 어느 날 사고로 한쪽 다리를 쓰지 못하게 된다고 해도 나는 행복할 것이다. 두 다리 모두 쓰지 못하는 사람보다 다리 하나라도 있는 것이 축복이기 때문이다.


## 🦋 두려워할 것은 '두려움' 그 자체


우리는 모두 행복하기 위해 태어난 사람들이다. 생각만 바꾸면 새로운 세상이 보인다. 웃으며 살기에도 짧은 인생, 스스로 불행을 끌어안고 살 필요는 없지 않을까? 그러니 괴롭고 슬픈 일, 어렵고 불행한 일은 잊어버리자. 지금 잡고 있는 걱정의 끈을 한번 툭! 놓아버리자. 지금 벼랑 끝에서 가느다란 밧줄 하나에 의지한 채 매달려 있는 것 같지만 사실 바닥은 그렇게 깊지 않다. 어쩌면 1층 높이의 창문에서 버둥거리고 있는지도 모른다.

어니 J. 젤린스키가 쓴 《느리게 사는 즐거움》을 보면 '걱정의 40퍼센트는 절대 현실에서 일어나지 않을 일에 대한 것이고 30퍼센트는 이미 일어난 일에 관한 것'이라고 한다. 또한 '22퍼센트는 사소한 것이고 4퍼센트는 어쩔 수 없는 일에 대한 것'이다. '단지 4퍼센트만이 자신의 힘으로 바꿀 수 있는 것에 대한 걱정'이라고 한다. 다시 말해 우리가 하는 걱정의 96퍼센트는 하지 않아도 될 걱정일 뿐이다. 그러니 하지 않아도 될 96퍼센트의 걱정을 날려버리자.

나머지 4퍼센트의 걱정도 사실 대부분은 할 필요가 없는 것들이다. 걱정만 하고 있는 대신 그 걱정을 없애기 위해 계획을 세우고 실천하면 되기 때문이다. 미국 대통령 루스벨트는 "오직 한 가지 우리가 두려워해야 할 일은 두려움 그 자체다"라고 말했다. 또한 에머슨은 "두려움은 언제나 무지에서 샘솟는다"며 "두려워하는 일에 부딪쳐라. 그러면 두려움은 없어진다"고 말했다.

우리가 하는 4퍼센트의 걱정은 두려움 때문이다. '내가 잘 할 수 있을까? 성공할 수 있을까?'라는 생각 때문에 두려워하는 것이다. 따라서 걱정을 없애는 방법은 스스로 바꿀 수 있는 것을 생각하고 그것을 실천 가능한 크기로 잘게 나눠 계획을 세우는 것이다. 이제 그 계획에 맞춰 하나씩 실천하기만 하면 된다. 아무리 깊은 걱정이라도 실천 가능한 것으로 잘게 쪼개면 걱정의 깊이는 줄어들 것이다.

걱정의 끈을 놓았으면 이제 다시 행복한 생각을 시작하자. '나는 행복해'라고 생각을 바꾸고 행복한 내 자신에게 한번 미쳐보자. 그리고 행복한 일들을 하나하나 종이에 적어보자. 그러면 여태껏 생각지도 못했던 행복들이 수도 없이 쏟아져 나올 것이다. 우리는 행복하기 때문에 웃는 것이 아니다. 웃을 수 있기 때문에 행복한 것이다. 얼굴에 미소를 지우지 않는 한 그 행복들이 주위에서 떠나지 않을 것이다. 아니 오히려 더 많은 행복들이 몰려들 것이다. 알고 보면 당신도 정말로 행복한 사람이다.

미쳐야는
청춘이다

*Part 2*

# 바보들은
# 결심만
# 한다

# 배는 항구에 있을 때
# 가장 안전하다

도전은 언제나 아름답다. 도전하는 모든 것을 성취할 수는 없지만, 도전하지 않으면 아무것도 성취할 수 없다. 그렇기 때문에 실패하는 도전조차 아름다운 것이다.

배는 항구에 있을 때 가장 안전하다. 그러나 배는 항구에 묶여있기 위해 건조된 것이 아니다. 꿈의 목적지로 가기 위해 건조된 것이다. 그 목적지로 가려면 우선 출항을 해야 한다. 항해하는 도중 안개도 만날 것이며 비바람과 폭풍을 만나게 될 수도 있다. 그러나 안개와 비바람, 폭풍을 극복해야만 목적지에 도착할 수 있다. 만약 실패하는 것이 두려워 도전을 미루고 있다면 그건 항구에 묶

여있는 배와 다르지 않다. 자신의 능력을 시험해보지도 않고 부서
지기를 기다리는 배와 같은 것이다. 도전은 항해와 같이 인생을 흥
미롭게 만들며, 시련의 극복은 인생을 의미 있게 만들 것이다.

사생아로 태어나 14살에 미혼모가 된 사람이 있다. 지금 그
녀는 세계 유일의 흑인 억만장자이며 미국 자선가 중 가장 많은 돈
을 기부하는 흑인이다. 그녀는 바로 오프라 윈프리다. 그녀는 자신
이 이토록 많은 것을 성취하게 된 이유에 대해 이렇게 말한다.


I believe that one of life's greatest risk is never daring to
risk.

조금도 위험을 감수하지 않는 것이 인생에서 가장 위험한 일이
라고 믿어요.


## 🦋 꿈과 목표의 차이

지금 백지를 한 장 꺼내보자. 책 귀퉁이를 사용해도 된다. 그곳에
꿈을 적어보자. 아직 이루지 못한 꿈을 가능한 한 많이 적어보는
것이다. 꿈을 적었으면 그 꿈을 이루기 위해 목표를 설정하자. 꿈
과 목표는 실행 가능성 여부의 차이다. 실행 가능성을 높이기 위해

배는 항구에 정박해있을 때
가장 안전하다.
항구를 떠나면 안갯속에서
길을 잃거나 비바람과 폭풍우에
제대로 서있지 못할 수도 있다.
그러나 안개와 비바람, 폭풍을
극복해야만 목적지에 도착할 수 있다.
전진하면서 닥칠 시련이 두려워
제자리에 머무는 것은
비바람과 폭풍이 무서워
항구를 떠나지 못하는 배와 같다.

목표는 구체적일수록 좋다.

예를 들어 '부자가 되겠다' 가 아니라 '10억을 벌겠다' 라고 하면 꿈이 목표로 바뀌는 것이다. '행복해지겠다' 가 아니라 '배우자와 함께 오래전부터 가고 싶었던 유럽 크루즈 여행을 꼭 갈 것이다' 라고 하면 꿈이 목표로 바뀌는 것이다.

목표를 적었다면 이제 그 목표를 이루기 위해 실행해야 할 것들을 10가지만 적어보자. 내친김에 꿈을 이룰 날짜까지 함께 적어보자. 구체적인 꿈 그리고 지금 당장 실행해야 할 것을 정했다면 이제 해야 할 것은 도전뿐이다. 그렇다면 망설이지 말고 달려보자. 숨이 턱 끝까지 차올라 더 이상 뛸 수 없을 때까지 달려보는 것이다. 지쳐 쓰러질 수도 있다. 그러나 그 순간은 잠시뿐이다. 다시 눈을 뜨면 체력은 더욱 좋아져있을 것이다. 근육은 더욱 탄탄해졌을 것이다. 심장도 호흡도 좀 더 힘껏 뛸 수 있도록 좋아졌을 것이다. 그리고 우리의 능력도 체력과 마찬가지로 더욱 발전해있을 것이다.

우리는 그저 항구에 묶여있기 위한 배가 아니다. 지금 당장 드넓은 바다로 출항할 준비를 하자. 뜨거운 가슴으로 도전하고 또 도전해보자. 꿈과 목표를 만드는 데 돈이 필요한 것도 아니고 많은 시간이 필요한 것도 아니다. 단지 내가 하고 싶은 일을 생각하는 것이다. 도전, 그 아름다운 이름 앞에 불가능이란 없다.

집안이 나쁘다고 탓하지 말라.

나는 아홉 살 때 아버지를 잃고 마을에서 쫓겨났다.

가난하다고 말하지 말라.

나는 들쥐를 잡아먹으며 연명했고,

목숨을 건 전쟁이 내 직업이고 내 일이었다.

작은 나라에서 태어났다고 말하지 말라.

그림자 말고는 친구도 없었고 병사는 10만뿐이었다.

백성은 어린아이와 노인까지 합쳐 2백만도 되지 않았다.

배운 게 없다고, 힘이 없다고 탓하지 말라.

나는 내 이름도 쓸 줄 몰랐으나

남의 말에 귀 기울이면서 현명해지는 법을 배웠다.

너무 막막하다고, 그래서 포기해야겠다고 말하지 말라.

나는 목에 칼을 쓰고도 탈출했고,

뺨에 화살을 맞고 죽었다 살아나기도 했다.


적은 밖에 있는 것이 아니라 내 안에 있었다.

나는 내게 거추장스러운 것은 깡그리 쓸어버렸다.


나를 극복하는 그 순간 나는 칭기즈칸이 되었다.

# 도전하지 않는 인생,
# 빨간불!

두 명의 사령관이 있었다. 둘 다 전쟁에서 승리하기 위해 부대를 훈련시키는 임무를 맡았다. 한 사령관은 전쟁을 대비해 병사들에게 매일 힘든 훈련을 시켰다. 그래서 병사들의 불평과 원성이 높았다. 반면 다른 사령관은 거의 매일 휴식과 여흥을 베풀었고 당연히 부하들에게 인기가 좋았다. 그런데 어느 날 진짜로 전쟁이 터졌다. 강한 훈련을 시켰던 사령관의 부대는 병력 손실이 거의 없이 완승했다. 그러나 매일 편안한 시간을 보냈던 사령관의 부대는 완패하고 말았다. 이후 언제나 힘든 훈련을 시킨 사령관의 인기는 하늘을 찔렀지만 전쟁 이전 항상 높은 인기를 얻었던 사령관은 문책을 받을 수밖에 없었다.

대부분의 사람들은 문책을 받은 사령관처럼 행동하기를 원한다. 사람은 원래 불편한 데서 편안한 쪽으로 움직이려 하고 새롭고 도전적인 것을 피하려는 경향이 있기 때문이다. 지금 당장의 안정과 편안함을 도전과 두려움보다 소중하다고 생각하는 것이다.

　　나폴레옹은 "오늘 나의 불행은 언젠가 내가 잘못 보낸 시간의 보복이다"라고 말했다. 사람들은 자신의 불행에 대해 흔히 남보다 못한 환경을 탓하거나 주변 누군가의 방해와 잘못 때문이라고 생각한다. 혹은 지독히도 운이 없어서 그런 것이라고 치부해버리는 습성이 있다. 그러나 내일 부딪히는 어려움은 어제 보냈던 시간의 결과물일 뿐이다.

## ❧ 안정을 선택하면 아무것도 얻지 못한다

도전은 그다지 어려운 것이 아니다. 매일 조금씩 실천하다 보면 변화의 폭이 커지게 된다. 다이어트를 하려고 한다면 먼저 목표를 세울 것이다. 예를 들어 매달 1킬로그램씩 감량해서 6개월 후에 6킬로그램을 줄인다는 식이다. 그리고 식이 요법과 운동을 병행한다. 우리의 몸은 항상성을 가지고 있다. '항상성恒常性'을 다른 말로 '자동 정상화 장치'라고도 한다. 생물체가 외부 환경과 내부 변화에 대응하여 순간순간 일정한 상태를 유지하려는 현상을 말한다. 쉽게 말해 항상 지금의 모습을 유지하려고 하는 성질이다. 한순간에 살이 10킬로그램 찔 수 없는 것처럼 오늘 다이어트를 시작했다고 내일 10킬로그램을 줄일 수 없다. 의지를 가지고 조금씩조금씩 목표로 다가가야 하는 것이다.

큰 도전도 다이어트와 별로 다르지 않다. 아니 다이어트도 하나의 큰 도전이라고 할 수 있다. 당장의 편안함을 위해 비만한 몸을 유지한다면 건강에 적신호가 오는 것처럼 안정을 위해 도전하지 않는다면 언젠가 인생에 적신호가 올 것이 분명하다. 미국 건국의 아버지라고 불리는 벤저민 프랭클린은 "안정을 위해 자유를 포기한 자는 둘 중 어느 것도 얻지 못한다"고 말한 바 있다.

나의 경우도 마찬가지였다. 대기업 부회장에서 레스토랑 웨이터가 되기로 결정했을 때 나는 인생에서 많은 것을 내려놓아야 하는 상태였다. 세 번에 걸친 미국 하원 의원 도전으로 그동안 가지고 있던 자산은 송두리째 날아갔다. 내가 가지고 있는 사업적 경험을 제외하고 현실적 자산은 태어날 때처럼 맨몸뿐이었다. 미국에서의 사업적 성공 경험을 중시했던 분의 도움으로 대기업 부회장이 되었지만 부도가 나면서 또다시 원점으로 내려갔다. 이번엔 사업적 안목이 빗나가 그동안 쌓았던 사업적 경험도 내려놓아야 했다. 시대가 변해서 내가 가지고 있던 사업적 지식은 더 이상 쓸모없는 골동품이 되었기 때문이다.

그래서 그동안 꼭 한 번 해보고 싶었던 웨이터에 도전한 것이다. 처음에 웨이터를 한다고 했을 때는 많은 사람들이 비아냥거렸다. 그러나 나는 조금도 신경 쓰지 않았다. 처음엔 육체적으로 힘들었다. 이미 예순이 넘은 나이였기에 하루 종일 서서 고객들에게 서비스를 하는 게 쉽지 않았다. 실수도 많았다. 그러나 실수를 하면서 웨이터라는 직종에 대해 배워갈 수 있었다. 그러면서 새로운 길을 걷는 방법을 알았고 걷다 보니 뛸 수도 있었던 것이다. 그리고 날기 위한 방법을 탐색하고, 가끔은 날기 위한 도전을 하는 것이다. 지금은 분명 몇 번 날갯짓도 못하고 떨어질 테지만 언젠가 날 수 있을지도 모른다.

## 🦋 작은 변화, 그것이 도전이다

성장을 하려면 변화가 필요하고 변화하려면 용기가 필요하다. 그리고 그 용기를 모아 도전하는 목표를 향해 힘껏 달려나갈 결단이 필요하다. 결단까지 했다면 기회가 주어진다. 그리고 기회는 성공을 향한 길을 열어준다. 지금 당장이 편하다고 머물고 있는 곳에 안주한다면 조만간 시간이 자기를 너무 함부로 대했다고 복수할 것이 분명하다.

물론 도전하는 것은 두렵다. 그냥 그 자리에 있다가 다른 사람이 만들어준 자리로 살짝 옮겨가는 것이 더 편하다. 이것이 사람의 본성이다. 그러나 지금 그 자리에 계속 머물러있으면 조금씩 도태될 것이 분명하다. 도전도 두렵고 지금 자리에 계속 머물러 있는 것도 여의치 않기 때문에 걱정만 쌓인다. 그러나 걱정은 어떤 일을 선택하는 데서 생기는 것이 아니다. 선택을 할 것인지 말 것인지 망설이는 데서 생기는 감정이다.

두려움을 없애는 가장 좋은 방법은 두려움을 향해 온몸으로 뛰어드는 것이며 걱정을 해결하는 가장 쉬운 방법은 걱정의 해결책을 찾기 위해 도전하는 것이다. 망설이기보다는 불완전한 상태로 선택하는 것이 향후 더욱 많은 행복을 가져다줄 것이 분명하다.

마라톤 금메달리스트인 황영조 선수는 금메달을 따기 위해 많이 먹고, 많이 자고, 많이 뛰었다고 했다. 이 세 가지만을 최고가 될 때까지 계속한 것이다. 성공한 사람들의 인터뷰를 보거나 책을 보면 공통점은 분명하다. 지속적으로 도전한 것이다. 세상의 기준에 도전한 것이 아니라 자기 자신의 기준에 도전한 것이다.

도전은 다이어트와 같다. 다이어트가 어렵다면 더 쉬운 것을 생각하자. 아침에 일찍 일어나기, TV 시청 시간 줄이기, 술이나 담배 끊기, 1주일에 책 한 권 읽기, 엘리베이터 대신 계단 이용하기, 버스 한 정거장은 그냥 걸어가기, 음식점에서 아직 먹어보지 못한 생소한 음식 주문하기 등 그 어떤 소소한 것이든 상관없다. 지금 상태에 작은 변화를 주는 것들은 모두 도전하는 것이다. 그런 작은 것들이 쌓여 큰 변화를 불러온다. 평생 행복하기를 원한다면 도전하고, 그 도전 속에서 즐거움을 찾아야 한다.

# 시련이 주는
# 역전의 기회

생각지도 못했던 문제에 부딪히면 누구라도 충격을 받고 실의에 빠진다. 그리고 현실에서 도망치고 싶어지거나 애써 현실을 무시하고 싶어지게 마련이다.

외롭다고 생각하면 사막 한가운데에 홀로 서있는 것 같고, 가난하다고 생각하면 세상에서 자신이 가장 빈곤한 것 같다. 그러나 알고 보면 우리는 충분히 많은 것을 가지고 있다. 내게 없는 것만 보지 말고, 내가 가지고 있는 것을 먼저 생각한다면 얼마나 많은 것을 가지고 태어났는지 알게 될 것이다.

## ❧ 죽을 각오로 살다 보면

한 남자가 사업에 실패하고 한적한 바닷가의 낭떠러지를 찾았다. 죽을 각오를 하고 소주 한 병을 안주도 없이 벌컥벌컥 들이켠 다음 신발을 벗고 있는데 휴대 전화가 울리더란다. 살아서 마지막으로 통화하는 전화라는 생각에 받아보니 이제 5살 된 딸이었다고 한다.

"아빠, 오늘 언제 들어와요? 오늘 유치원에서 만든 게 있는데, 아빠 오면 자랑하고 싶어. 빨리 들어오세요."

딸의 전화를 받고는 갑자기 희망의 빛이 보이기 시작했다고 한다. 그리고 다시 일에 미친 듯이 매달렸더니 빚을 갚은 것은 물론이고 전보다 훨씬 더 크고 탄탄한 기업을 운영하게 되었다. 죽을 각오를 하면 못 할 일도 없고 죽을 이유도 없어지는 것이다.

## ❧ '외다리' 보험왕과 '반쪽 몸'의 자원 봉사자

'몸이 저렇게 불편한데 그래도 살맛이 날까?' 라고 생각되는 사람들 가운데에도 성공하는 사람들이 많다. 일자리를 구하기 위해

100번도 넘게 거절당한 조용모 씨가 그중 한 사람이다. 그가 일자리를 쉽게 구하지 못한 까닭은 스물일곱의 꽃다운 나이에 뺑소니 사고로 한쪽 다리를 잃었기 때문이다. 111번째 도전 끝에 합격한 그의 일은 보험 설계사였다. 빨리 이동하기 위해 한쪽 손으로 목발을 집고 한쪽 발로 자전거를 타는 법을 배웠다. 그렇게 전북 익산의 비포장도로를 쉬지 않고 달린 결과 그는 '외다리 보험왕'이 되어 세상을 향해 당당히 소리칠 수 있었다.

대구 114의 정혜진 씨는 네 살 때 교통사고로 오른쪽 팔과 다리를 잃었다. 26년 동안 반쪽 몸으로 살아왔지만 한쪽 다리로 자전거도 잘 타고 운전도 한다. 114에 입사할 때 면접 담당자는 그녀가 장애인일 것이라고는 꿈에도 생각 못했다. 서류에 워드프로세서 2급, 정보기기운용기능사 등의 자격증을 취득했고, 1분에 500타에 가까운 타이핑 실력이 있다고 적혀 있었기 때문이다. 1분에 500타를 치는 것은 두 손이 멀쩡한 사람도 쉽지 않은 일이다.

휴일에는 보육원에 가서 자원 봉사도 한다. 철없는 아이들이 팔다리 없는 그녀를 보고 괴물이라고 놀리기도 하지만 상처받지 않는다. 대신 그런 아이들에게 오히려 더욱 많은 것을 챙겨주려고 노력한다. 보통 이런 신체 조건을 가진 사람이라면 평생 자신의 불행을 탓하며 살 것이다. 아니, 살아도 산 것이 아닌 인생을 보냈을 것이다. 비장애인보다 더 진한 인생을 살고 있는 그녀의 모습을 보면 가슴 한쪽이 뭉클해진다.

## 🕊 남다른 몸으로 남다른 노력을

해마다 명절이 되면 충남 서산 일대 독거노인들 집 수십 채 앞에 아무도 몰래 천일염 30킬로그램을 가져다 놓는 사람이 있다. 그 사람이 누구인지 13년이 넘게 아무도 몰랐다. 그저 돈 많은 자선사업가일 것이라고 생각했을 뿐. 그러나 그 주인공은 두 손이 아예 없는 장애인이다. 1959년생, 올해로 52세인 강경환 씨는 13살에 두 손을 잃었다. 해변에서 주운 깡통이 대인지뢰였던 것이다.

사흘 뒤 깨어나보니 병원이었고 손목 아래 부분이 전혀 없었다. 그래서 중학교도 가지 않고 집 안에서 어머니가 먹여주는 밥을 먹으며 죽은 듯이 살았다. 그는 그 당시를 생각하며 '인생을 포기했었다'는 표현을 쓴다. 그가 다시 살아보겠다고 결심한 것은 혼자 밥을 먹으면서부터다. 외출한 어머니가 돌아오지 않자 배가 고팠던 것이 다시 꿈을 가질 수 있는 계기가 됐다. 3년 만에 처음으로 혼자 밥을 먹고 나니 다시 혼자 일어설 수 있겠다는 생각이 들었다. 일도 시작했다. 염전에서 소금을 만드는 일이다. 여전히 그의 소득은 많지 않다. 그러나 그는 스스로 기초수급자 자격을 포기하고 자신이 만든 소금을 팔아 명절 때마다 독거노인들에게 전달한다.

독거노인들에게 몰래 소금을 주기 시작한 지 14년째 되던 해에 더 이상 힘이 들어 혼자 소금을 나눠줄 수가 없었다. 그래서 읍사무소에 소금 트럭을 가지고 간 것이 그가 세상에 알려진 계기가 되었다. 그는 만약 장애인이 되지 않았다면 그저 친구들과 어울려 나쁜 짓이나 했을 것 같다고 말한다. 그에게 있어 시련은 삶을 바른길로 인도한 계기가 된 것이다.

이웃 나라 중국에는 류웨이라는 청년이 있다. 그는 10살에 고압선을 만져 양팔을 잃었다. 그러나 두 팔 없이도 즐겁게 살고 싶다고 생각해서 수영을 배웠다. 그렇게 배운 수영으로 장애인 수영 대회에서 우승을 차지한다. 수영을 하는 것이 그 어떤 것보다 즐거웠지만 시련은 여기서 끝나지 않았다. 건강 문제로 수영을 포기할 수밖에 없었다. 그래서 그는 다시 피아노를 배우기 시작했다. 두 팔이 없으니 발가락으로 피아노를 쳤다. 그리고 지난 2010년 중국 TV 서바이벌 프로그램 〈차이나스 갓 탤런트〉에 출연해 최고의 시청률로 끌어올렸음은 물론, 그 프로그램을 보는 수억 중국 시청자를 감동시켰다.

그는 우승을 한 후 인터뷰에서 "나는 적어도 두 다리를 가지고 있으니 얼마나 행복한가?"라고 말해 감동을 더해주었다.

만약 그가 남들과 다르지 않았다면 그렇게 노력을 하지도 않았을 것이다. 발가락으로 피아노를 칠 필요도 없었을 것이다. 그에게도 시련은 오히려 남과 다른 길을 갈 수 있도록 한 역전의 기회가 된 것이다.


## 🦋 혼자서는 아무것도 못하는 사람이 장애인이다

"자신이 무엇인가를 혼자 할 수 없으면 그 사람은 장애인이지만, 혼자 하고 싶은 일을 할 수 있으면 그때부터 그는 장애인이 아니다." 이렇게 말하는 사람도 있다. 그 주인공은 스웨덴 출신의 가수 레나 마리아Lena Maria다. 1986년 세계장애인수영선수권대회 스웨덴 국가 대표이며, 서울장애인올림픽 때는 스웨덴 국가 대표로 우리나라를 방문한 적도 있는 그녀는 두 팔이 없고 한쪽 다리가 짧은 선천성 기형으로 태어났다. 즉 다리 한쪽으로 모든 생활을 해야 하는 것이다.

그러나 그녀는 수영을 배워 세계 신기록을 두 번이나 기록했으며 자신이 가진 행복을 전해주기 위해 노래를 부르는 가수가 되기도 했다. 지금까지 총 3장의 앨범을 발표했다. 구족화가 협회의 작가로 활동하며 《발로 쓴 내 인생의 악보》라는 책을 펴내기도

| 한 발의 디바, 레나 마리아 |

"혼자서 하고 싶은 일을 할 수 있는 사람은 장애인이 아니다." 두 팔이 없고 한쪽 다리가 짧은 레나는 스웨덴의 장애인 수영 국가 대표 선수이며, 3장의 앨범을 낸 가수이자 구족화가 협회 작가이다.

했다. 그녀의 말처럼 자신이 혼자 하고 싶은 일을 할 때는 장애인이 아니라는 점을 새삼 깨닫는다. 반면 몸이 불편하지 않더라도 혼자서는 아무것도 하지 못하는 사람도 있다. 어쩌면 이런 사람들이 장애인들보다 더 불편한 삶을 살고 있는 것은 아닐까 생각해본다.

나 역시 지금 행복한 삶을 살게 된 것은 부모님이 물려준 가난 때문이었다. 숟가락 하나 물려받은 것이 없었기 때문에 세상에 홀로 서야 했고, 그렇게 홀로 버티기 위해 노력하다 보니 여러 일들을 경험할 수 있었다. '조금만 더 행복하게 살아야겠다'는 생각에 발버둥 친 것이 지금처럼 재미있고 즐거운 인생을 만든 것 같다. 가난이라는 역경이 오히려 기회를 준 셈이다.

# 기다리면 기회는
# 반드시 온다

우리는 대개 기다리는 일에 익숙하지 못하다. 내가 약속 시간에 조금 늦는 것은 큰 문제가 되지 않지만, 내가 기다릴 때는 부아가 치미는 것이 인지상정이다. 이처럼 약속 시간 정시에 오지 않는 사람을 기다리는 것도 쉽지 않은 일인데, 언제 올지 모르는 기회를 기다리는 것이라면 더욱 힘들 것이다. 그래서 이렇게 생각하곤 한다.

'이렇게 열심히 일하는데 나는 왜 기회를 잡지 못할까?'
'결국 기회는 돈이 있는 사람한테만 주어지는 거야. 돈이 없으면 아무것도 할 수 없어.'

이런 생각을 하면 한숨만 쌓인다. 그래서 때로 이런 생각을 하기도 한다.

'나는 돈을 받을 만큼만 일할 것이다. 만약 월급을 더 올려준다면 더 열심히 일할 수 있다.'

그래서인지 같은 직종에 있는 다른 회사원들이 월급에 대단히 민감하다. 같은 일을 하고 있으니 월급도 같아야 한다고 생각한다. 이것은 정말 자본주의적이지 않다.

대가를 따지면서 일을 하면 오히려 손해를 보는 것은 자기 자신이다. 자신에게 다가오는 기회를 송두리째 걷어차버리는 결과이기 때문이다. 기회를 잡으려고 노력하면 반드시 기회는 온다. 문제는 우리가 조급해서 기회가 오기도 전에 포기한다는 것이다.

그 결과가 빨리 나타나는 일도 있고, 천천히 나타나는 일도 있다. 약으로 비유해보자. 갑자기 머리가 아프면 두통약을 먹는다. 그러면 30분 만에 두통이 사라진다. 감기에 걸려서 약을 먹기 시작하면 1주일에서 2주일 정도 지나야 바이러스를 물리칠 수 있다. 고혈압이나 당뇨라면? 약을 먹는 것은 물론 생활 습관 전체를 개선해야 한다. 운동을 하고 음식을 조절하며 즐겁게 산다면 완치를 넘어, 병에 걸리기 전보다 더 건강해질 수도 있다.

인생도 마찬가지다. 일주일 준비해서 완성한 프로젝트도 있고, 평생을 연습했지만 아직 그 결과를 알 수 없는 일도 있다. 그중에서도 특히 꿈을 실현하기 위한 기회는 평생 노력하고 기다렸는데도 아직 붙잡지 못했을 수도 있다. 나 역시 몇 가지 목표를 정했고, 그중에서 이룬 것도 있다. 그리고 지금 노력하고 있지만 아직 목표에 접근하지 못한 것도 부지기수다.

노력하는 자에게 기회는 반드시 온다. 그것은 내가 기대했던 것과 전혀 다른 모습으로 찾아올지도 모른다. 고혈압이나 당뇨를 치료하기 위해 좋지 않은 생활 습관을 개선했더니 완치는 물론 병에 걸리기 전보다 더 건강해질 수도 있는 것이다. 이렇게 된다면 고혈압이나 당뇨는 병이라는 위기가 아니라 건강의 회복이라는 기회가 될 수도 있는 것이다.

## 🦋 기회의 다른 얼굴

'김민영 호떡'의 김민영 사장은 잘나가는 대기업 사원이었다. 하루하루 평온하고 평범한 일상을 사는 사람이었다. 그러다 주식 투자를 하기 시작했고 욕심이 생겨 투자 원금을 조금씩 늘렸다. 처음에는 수익이 좋았고 기분도 좋았다. 그런데 얼마 지나지 않아 손실을 보기 시작했다. 그는 여기서 멈추지 않았다. 손실을 메우기 위해 친지들은 물론 친구들에게까지 돈을 빌려 대박의 꿈을 좇았다. 노력도 하지 않고 욕심을 냈으니 결과는 불을 보듯 뻔한 것이었다.

엄청난 손실을 입고 집마저 처분하고는 도망치듯 서울로 올라왔다. 그리고 숙명여대 앞 작은 노점에서 호떡을 만들어 팔기 시작했다. 호떡 장사를 하니 노력한 만큼, 일에 미친 만큼 보상이 주어졌다. 그러니 더욱더 일에 미칠 수 있었다. 언제나 웃는 얼굴로 어떻게 하면 호떡을 사는 고객들을 더 즐겁게 할 수 있을까 고민하면서 시간을 보냈다.

그렇게 호떡에 미쳐 생활하다 보니 어느덧 호떡 프랜차이즈 사장으로 남부럽지 않은 생활을 하고 있다. 노점 생활을 시작할 때 '나는 밑바닥 인생을 사는 게 아니다. 밑바탕 인생을 만드는 것이다' 라고 생각했다고 한다. 밑바탕부터 다시 차근차근 쌓아올려 인생을 그려야 한다는 그의 생각이 기회를 불러들였고, 그 기회는 주식 투자를 할 때 생각했던 모습과 전혀 다른 모습으로 그에게 찾아온 것이다.

젊은 시절 권위적이었고 천방지축이었던 스티븐 잡스는 자신이 세운 애플 사社에서 쫓겨나고 만다. 자신을 걷어찬 애플에 대한 복수심으로 넥스트NeXT라는 회사를 만들었지만, 이 회사는 초기에 성공과는 거리가 먼 행보를 보였다.

넥스트의 설립 목적은 워크스테이션급 교육용 컴퓨터를 개발하는 것이었다. 잡스는 그의 스타일대로 최고 성능의 컴퓨터를 만들었다. 그러나 성능은 모두 인정했지만, 문제는 가격이 너무 비싸다는 것이었다. 사람들은 모두 넥스트에서 만든 컴퓨터를 외면했다. 투자자였던 로스 페롯은 한 TV 인터뷰에서 "잡스에 관한 다큐멘터리에서 완벽을 추구하는 그의 모습을 보고, 그가 창업하는 회사 넥스트에 투자했는데, 이제 그 결정을 후회한다"고까지 말했다.

실제로 넥스트는 자본금을 거의 탕진한 상태였다. 그야말로 잡스는 실패의 그물에 걸려버렸던 것이다. 잡스는 어쩔 수 없이 넥스트 직원의 절반을 내보내야 했다. 또한 최고의 컴퓨터를 만들겠다는 자신의 꿈을 접어야 했다.

그런 잡스가 다시 일어설 수 있었던 것은 기대도 하지 않았던 픽사Pixar 덕분이었다. 컴퓨터 그래픽 전문 회사로 시작했던 픽사는 2분 18초짜리 단편 컴퓨터 애니메이션을 하나 선보인다. 할리우드 사상 최초의 컴퓨터 그래픽 만화였다. 이 작품은 아카데미상 단편 만화 부문 후보에도 오른다. 이후 애니메이션의 길이는 조금씩 길어지지만 아직까지 수익성은 전혀 없었다.

그러던 중 월트디즈니 사社의 투자 제안을 받게 된다. 5년 동안 3편의 장편 애니메이션 제작을 계약하자며 거금 2,500만 달러를 잡스의 손에 쥐어준 것이다. 수익성이 없던 픽사를 팔아 절반으로 줄인 넥스트의 자본금을 충당하려고 했던 그에게 생각지도 않았던 기회가 주어진 것이다. 결국 그는 그 기회를 활용해 〈토이 스토리〉라는 최초의 컴퓨터 그래픽 애니메이션으로 재기에 성공한다.

늦었다고 비관하고 방관하지 말자. 아직 기회가 오지 않았을 뿐이다. 75살이 넘은 나 역시 25년 이후에 올 기회를 잡기 위해 준비한다. 지치지 않고 기회를 잡을 준비를 한다면 반드시 기회는 올 것이다. 어쩌면 수많은 기회가 우리 곁을 스쳐 지나갔을지도 모른다. 다만 우리가 알아보지 못했을 수도 있다. 그러므로 언제나 기회를 잡을 준비를 해야 한다. 그 준비는 어느 분야가 되었든 미친 듯이 노력하는 데에 달려있다.

# 골프공보다 작은 야구공, 농구공보다 큰 야구공

한 궁수가 두 명의 제자를 시험하기 위해 함께 숲을 걷고 있었다. 스승이 말하는 과녁에 화살을 정확히 맞히는 시험이었다. 스승은 과녁이 붙어있는 나무를 가리키며 첫 번째 제자에게 지금 무엇이 보이느냐고 물었다. 그러자 제자는 이렇게 말했다.

"위로는 하늘과 구름이 보이고, 밑으로는 들판과 풀밭이 보입니다. 스승님께서 가리키신 나무의 열매도 보이고, 과녁의 색과 테두리도 보입니다."

스승은 활을 쏠 준비를 하는 제자의 팔을 가만히 붙잡으며 이렇게 말했다.

"활을 내려놓아라. 너는 쏠 준비가 되지 않았다."

그리고 두 번째 제자에게 물었다.

"너는 무엇이 보이느냐?"

"과녁 중앙의 붉은 점밖에 보이지 않습니다."

"그럼 즉시 활을 쏘거라!"

두 번째 제자의 화살은 정확하게 과녁 중앙에 꽂혔다.

도전을 시작했다면 두 번째 제자처럼 모든 것을 가능성에만 집중해야 한다. 고된 도전으로 인해 실패했다고 해도, 주변의 많은 사람들이 그 실패를 비웃는다고 해도 상관없다. 그저 모든 가능성에 정신을 집중하기만 하면 된다.

실제로 많은 양궁 선수들은 컨디션이 좋으면 과녁이 크게 보인다고 한다. 야구 선수들도 비슷한 경험을 한다. 컨디션이 좋지 않거나 집중력이 떨어지면 주먹만 한 야구공이 골프공보다도 더 작게 보이지만, 홈런을 치기 직전에는 농구공보다 더 큰 야구공이 자신을 향해 느릿느릿 날아온다는 것이다. 그래서 아주 쉽게 홈런을 칠 수 있다고 얘기한다. 모든 정신을 가능성에 집중하면, 그 가능성이 아무리 낮아도 성취할 수 있는 것이다.

'하늘은 스스로 돕는 자를 돕는다'는 말로 유명한 영국의 저술가 새뮤얼 스마일스Samuel Smiles는 "천재성이란 맹렬히 몰입할

줄 아는 능력이며, 이는 위대한 것을 만들어내고 꾸준히 노력하는
저력을 말한다"고 한 바 있다.


## 🦋 성공의 비법


옛날 한 청년이 성공의 비법을 알기 위해 현인을 찾아가서 물었다.

"저는 정말 성공하고 싶습니다. 그런데 그 방법을 알지 못합니
다. 어떻게 하면 제가 성공을 할 수 있겠습니까? 그 방법만 알려주신
다면 제 목숨이라도 내놓겠습니다."

"그럼 나하고 내기를 하나 하죠."

"무슨 내기입니까?"

"여기 물이 가득 담긴 양동이가 하나 있습니다. 이 양동이를 들
고 마을을 한 바퀴 돌아 오시면 됩니다. 다만 양동이의 물을 한 방울
이라도 쏟는다면 평생 저를 위해 허드렛일을 하셔야 할 것입니다. 그
런데 만약 한 방울의 물도 흘리지 않고 마을 전체를 돌아 다시 이 자
리로 돌아온다면 성공하는 비결을 알려드리겠습니다."

어차피 가진 것도 없었던 청년은 내기에 흔쾌히 승낙하고 양동
이를 들었다. 그리고 물을 흘리지 않기 위해 조심조심 마을을 돌았다.
평소에는 한 시간이면 전부 돌아볼 마을이었지만, 물을 흘리지 않기

위해 집중하다 보니 다섯 시간이 넘게 걸려 드디어 현인이 있는 곳으로 돌아올 수 있었다. 그러자 그 현인은 다시 청년에게 물었다.

"마을에서 잔치가 벌어진 것을 보았나요?"

청년은 고개를 저으며 얘기했다.

"양동이가 흔들리지 않게 집중하다 보니 잔치가 벌어진 것을 보지 못했습니다."

"그러면 씨름판이 벌어졌다는데 누가 이겼는지 들었나요?"

"아니요. 씨름판이 벌어진 것도 알지 못했으며, 누가 이겼는지도 듣지 못했습니다."

이처럼 현인은 청년이 양동이를 들고 마을을 돌아올 때까지 마을에서 일어난 몇 가지 일들을 물었지만, 청년은 마을에서 어떤 일이 일어났는지 전혀 알지 못했다. 그러자 현인이 말했다.

"성공의 방법은 양동이를 들고 마을을 도는 것과 같습니다. 아무것도 보이지도 들리지도 않을 정도로 집중하면 어느 순간 성공이 당신 곁에 바짝 다가와 있을 것입니다."


많은 사람들이 꿈을 위한 도전을 시작한 지 얼마 되지도 않아 포기한다. 작심삼일에 그치는 것이다. 그러나 모든 사람들에게는 무한한 가능성이 있다. 아울러 이루기 힘든 일을 이뤘을 때 더욱 큰 보람과 보상이 주어진다. 물론 도전을 하고 그것을 이루기는 결

양궁 선수들은 컨디션이 좋으면
과녁이 크게 보인다고 한다.
야구 선수들도 비슷한 경험을 한다.
컨디션이 좋지 않거나 집중력이 떨어지면
주먹만 한 야구공이 골프공보다도
더 작게 보이지만,
홈런을 치기 직전에는
농구공보다 더 큰 야구공이
자신을 향해 느릿느릿 날아온다는 것이다.
그래서 아주 쉽게
홈런을 칠 수 있다고 얘기한다.

코 쉽지 않다. 때문에 결코 이루지 못할 것 같은 일을 이루기 위해서는 무서운 집념과 실행력이 필요하다. 아둔해 보일 정도로 가능성에 집중해야 하는 것이다. 그렇게 조금씩 앞으로 나아가다 보면 어느새 원하는 것을 이룬 자신의 모습을 발견할 수 있다. 동네의 낮은 언덕이든 아니면 세계에서 제일 높은 에베레스트 산이든 오르는 방법은 똑같다. 오를 수 있을 것이라 생각하고 한 발씩 계속 오르는 것이다. 그렇게 반복하면 어느새 정상에 오를 수 있을 것이다.

# 1만 달러의 사나이

헨리 포드는 "할 수 있다고 믿는 것 또는 할 수 없다고 믿는 것, 둘 다 옳다"고 말했다. 무엇이든 할 수 있다고 생각하면 그것을 이룰 수 있으며, 할 수 없다고 생각하면 이룰 수 없다는 것이다.

잠시 기억을 더듬어 학창 시절을 생각해보자. 만약 공부를 잘했다면 당신은 공부를 잘하고 싶다고 간절히 원했던 학생이었을 것이다. 공부보다 운동을 잘했다면 당신은 운동을 잘하고 싶다고 생각했던 학생이었을 것이다. 친구들과 어울리는 것을 더 좋아했다면 당신은 친구들과의 우정을 더 소중히 간직하고 싶다고 생각하는 학생이었을 것이다. 물론 유난히 암기를 잘하는 학생이 있고,

운동 신경이 좋은 학생도 있다. 그리고 사교성이 좋은 학생도 존재한다. 그러나 학창 시절 공부를 잘하거나 운동을 잘하거나 혹은 친구를 잘 사귀었던 모든 까닭은 우리가 그렇게 하고 싶다고 생각했기 때문이다.

나 역시 그랬다. 초등학교 2학년 때까지는 공부를 잘해보겠다는 생각을 전혀 하지 않았다. 3학년이 되고 처음으로 선생님께 칭찬을 받고 난 이후 공부를 잘하고 싶다는 생각을 했다. 그리고 그런 생각을 하자 목표가 생겼으며 실제로 성적이 오르기 시작했다. 사업을 할 때도 마찬가지였다. 사업을 잘하고 싶다고 생각하고 목표를 정하니 그 목표를 달성하기 위해 미친 듯이 노력할 수 있었다. 웨이터를 할 때도 손님들에게 최선을 다해 봉사하겠다는 목표가 있었고, 구체적으로 목표를 정할수록 실행하기도 편했다.

다시 학창 시절 얘기로 돌아가면 운동 신경이 매우 좋은데도 운동을 그다지 좋아하지 않는 친구가 있었다. 이 친구는 기초 체력은 정말 좋았으나 친구들끼리 즐기는 축구나 농구 등 구기 종목은 그다지 잘하지 못했다. 경험의 깊이가 낮기 때문이다. 머리는 좋지만 공부를 좋아하지 않았던 친구도 있었다. 물론 성적이 좋지 않았다.

성공과 행복도 마찬가지다. 성공하고 싶다고 열망하는 만큼 성공할 수 있으며 행복하고 싶다고 생각하는 딱 그만큼 행복할 수 있다. 모든 것은 생각이 결정하기 때문이다.

## 🦋 오늘의 삶은 어제 한 결정의 결과

사업을 하던 시절, 내가 운영하던 회사의 한 세일즈맨은 매달 1만 달러의 수입을 벌어들였다. 늘어나지도 않고 줄어들지도 않고 거의 비슷한 실적을 유지했다. 월말이 가까워지는데도 실적이 1만 달러에 미치지 못하면 그는 더욱 열심히 일했고, 결국 1만 달러를 달성했다. 그런데 월초에 일이 잘 풀려 실적이 1만 달러에 가까워지면 그는 더 노력해서 2만 달러를 얻으려는 도전을 하지 않았다. 때로 우연찮게 1만 달러 이상의 수입을 얻으면 동료들과 즐기거나 명품을 사는 데 그 돈을 허비했다. 그는 늘 1만 달러의 사나이였을 뿐이다. 그는 이렇게 생각했던 것 같다. '나는 매달 1만 달러는 벌수 있어!' 그래서 1만 달러를 초과하면 느슨해지고, 1만 달러에 미치지 못하면 스스로 생각한 목표인 1만 달러를 채우기 위해 노력한 것이다.

　　이처럼 어떻게 생각하는가와 어떤 목표를 가졌는가에 따라 삶은 결정된다. 사람은 자신이 하고 있는 생각 그 자체다. 생각하는 대로 행동하고, 행동하는 대로 운명이 결정되기 때문이다. 따라서 우리는 더욱 좋은 생각을 해야 한다. 성공을 원한다면 더욱 높은 목표를 가져야 하며, 마음의 평화를 원한다면 마음의 짐들을 내려놔야 할 것이다.

미래의 나의 모습은 지금 나의 결정에 달려있다. 우리는 모두 행동에 대한 선택의 자유를 갖고 있으며, 오늘 나의 삶은 과거에 내가 한 모든 결정의 총합이기 때문이다. 따라서 미래가 현재보다 더 행복하기를 바란다면 지금부터라도 더 나은 선택을 해야 한다. 그리고 그 선택은 우리가 무엇을 생각하고 원하는지에 따라 달라질 것이다.

루즈벨트 대통령은 "지금 우리가 있는 장소에서, 지금 우리가 갖고 있는 것을 사용하여, 우리가 할 수 있는 것을 하자"고 말했다. 이 말은 지금도 유용하다.

행복한 가정을 원한다면 가족 구성원에게 행복을 나눠주면 된다. 배우자에게는 사랑을 건네고 자녀들에게는 희망과 안정감을 줄 수 있는 말을 건네는 것이다. 부유한 노년을 원한다면 자신의 전문성을 높이고 생산성을 끌어올리기 위해 지식을 쌓고 많은 경험을 해야 할 것이다. 즐거운 삶을 원한다면 마음과 취미가 통하는 재미있는 친구들을 지금부터 더 많이 만들면 된다. 그 어떤 것이든 우리는 우리가 원하는 그 무엇이 될 수밖에 없기 때문이다.

# 독수리가 될 것인가,
# 요리 재료가 될 것인가

미친 듯이 노력을 해서 기회를 잡았다면, 그래서 노력한 만큼 보상을 받았다면 조금 쉬고 싶은 것이 사람의 마음이다. 그러나 기회를 잡았을 때일수록 아깝다는 생각을 해야 한다. 그래야 한 단계 더 높은 목표를 세울 수 있기 때문이다.

축구 시합을 생각해보자. 우리나라가 전반전에 열심히 뛰어 선취 골을 넣었다. 그리고 다시 좋은 기회를 잡아 쐐기 골을 넣었다고 가정하자. 그렇다고 그 어떤 선수도 '벌써 2점이나 앞서 있으니 천천히 뛰어도 되겠어'라고 생각하지는 않는다. 오히려 '2점을 냈지만 더 점수를 벌인다면 좋겠다'라고 생각할 것이다. 특히 공격

수라면 자신의 득점 기회를 살려 한 골이라도 더 넣으려고 노력할 것이다.

만약 길에 만 원짜리가 수북이 떨어져있다면 어떻게 하겠는가? 10만 원만 줍고 '아, 너무 많이 주웠다. 이제 그만 주워도 되겠어'라고 생각하는 사람은 없을 것이다. 최대한 많은 돈을 줍기 위해 노력할 것이다. 이제 돈을 기회로 바꿔보자. 기회가 수북이 떨어져있다면 어떻게 하겠는가? 하나의 기회만 잡을 것인가? 아니면 가능한 한 많은 기회를 잡으려고 하겠는가?

목표를 고정해두면 그것으로 멈춰버리고 만다. 더 이상 발전할 수 없는 것이다. 작가 헤르만 헤세는 그의 작품 《데미안》에서 이렇게 말했다.

"새는 알을 깨고 나온다. 알은 곧 세계다. 태어나려는 자는 한 세계를 파괴하지 않으면 안 된다."

목표도 마찬가지다. 한 가지 목표를 이뤘다고 그것에 만족한다면 그것은 아직 부화되지 않은 알에 불과하다. 그러나 자신이 직접 자신의 한계라는 알을 깨면 창공을 지배하는 독수리가 될 수도 있다. 반면 자신이 아닌 다른 사람이 알을 깬다면 그것은 요리 재료에 불과하다. 하나의 목표를 달성했다고 해도 또 다른 목표를 설정해 그곳을 향해 맹렬히 돌진해야 한다. 고여있는 물이 썩듯이 사람도 고여있다면 도태되기 마련이다.

작은 성공은 큰 성공을 부른다. 사람이 어떤 일을 하는 데 있어 중요한 것 중 하나는 자신감이다. 자신감 있는 사람의 눈빛을 보면 어떤 일이든 해낼 수 있을 것 같다. 그런데 이런 자신감은 성공을 했을 때 가장 강해진다. 따라서 작은 성공에 만족하지 않고 도전을 멈추지 않으면 얼마 지나지 않아 더 큰 성공을 잡을 수 있다. 그렇게 반복한다면 위대한 사람이 되는 것이다.

## 🦋 작은 성공이 큰 성공을 부른다

최근에는 과정보다 결과를 중요시하는 문화가 팽배해졌다. 그러나 나는 결과보다 과정이 훨씬 중요하다고 믿는다. 어떤 일에 미쳐서 몰입하다 보면 결과는 그다지 중요한 것이 아니게 된다.

마라톤에 도전하기로 결정했다고 하자. 목표는 42.195킬로미터를 완주하는 것이다. 이 목표를 달성하기 위해 100미터씩 도전한다. 처음 100미터를 뛰었으면, 그 다음 100미터를 향해 나아가는 것이다. 연습을 충분히 하지 않았다면 처음부터 완주할 수는 없을 것이다. 5킬로미터 지점에서 포기할 수도 있다. 그러나 연습을 반복하고 계속 노력하다 보면 10킬로미터를 지나 조만간 20킬로미터에 이르게 될 것이다. 그렇게 달려 나갈 수 있는 거리가 길어지면 결국 마라톤 완주를 달성하는 것이다. 그런데 정말 마라톤에 미쳐있다면, 이제 목표는 완주에서 시간 단축으로 바뀌게 된다. 5시간 만에 완주했다면 4시간으로 줄이기 위해 노력하는 것이다. 4시간을 달성했다면 3시간으로 줄이는 것이다. 그렇게 목표는 계속 수정된다.

무엇인가에 계속 미쳐있다면, 결과 역시 과정의 일부분에 불과한 것이다. 따라서 자신이 세운 한계치를 계속 깨야 한다. 우리는 모두 부화되지 않은 알 속에 존재하는 가능성이다. 그 알을 스스로 깬다면 더 멋진 모습으로 거듭날 수 있다.

# 우연은 노력의
# 또 다른 이름

기회는 날마다 뜯어내는 달력처럼 항상 찾아온다. 다만 아직까지 성공하지 못한 이유는 기회가 와도 알아보지 못했기 때문이거나 기회가 왔는데도 잡을 능력이 없었기 때문이다. 그냥 누워서 기다리고 있어서는 절대 기회와 마주할 수 없다. 기회를 잡으려는 의지가 없으면 기회는 연기처럼 산산이 흩어져 사라질 뿐이다.

택시를 탈 때를 생각해보자. 택시를 잡으려면 길가에 서서 택시가 오는 방향에 집중해야 한다. 택시가 한동안 오지 않더라도 언젠가 빈 차는 오게 마련이다. 그때까지 택시가 오는 방향을 보면서 집중하고 있어야 한다. 택시가 오는 것을 보고 손을 내밀면 택시는 우리 앞에 멈춰 설 것이다. 기회도 이와 같다. 기회를 잡기 위해 기회가 오는 방향을 보면서 집중해야 한다. 그리고 기회다 싶으면 재빨리 손을 내밀어 꽉 움켜쥐는 것이다.

다만 택시와 기회가 다른 것은 택시가 오는 것은 금방 알아볼 수 있지만 기회는 그렇지 않다는 것이다. 기회가 와도 그것이 기회인지 아니면 또 다른 시련인지 알아보기 쉽지 않다. 훗날 돌이켜보니 그것이 기회였다고 깨닫는 경우도 많다. 택시보다 기회를 놓치기 더욱 쉬운 이유가 바로 그것이다.

우연도 택시를 잡는 것과 마찬가지다. 성공한 사람들의 얘기를 들어보면 상당수가 우연히 좋은 기회를 잡았다고 말한다. '운칠기삼運七技三'이라는 말도 있다. 살아가면서 일어나는 모든 일의 성패는 운이 70퍼센트이며 노력은 30퍼센트에 불과하다는 것이다. 그러나 나는 우연은 노력의 또 다른 이름이라고 생각한다. 그래서 성공은 순전히 노력에 의해서만 달성할 수 있다고 믿는다.

택시를 잡기 위해 택시가 오는 방향을 보고 손을 내밀듯이, 기회가 오는 방향을 보고 손을 내밀면 손님이 타고 있던 택시가 내 앞에서 멈춰 설 때도 있으며, 반대편 차선의 택시가 U턴을 해서 올 때도 있다. 우연은 이처럼 노력이 수반되었을 때 예기치 않게 찾아오는 것이다. 따라서 우연은 노력의 또 다른 이름이라고 할 수 있다.

## 🦋 밥을 먹으려면 먼저 씨앗을 뿌려야

우리는 흔히 '인과응보因果應報'라는 말을 한다. 원인이 있기에 그에 따른 결과가 있는 것이다. 아니 땐 굴뚝에 연기가 날리는 없으며 핑계 없는 무덤은 존재하지 않는다. 다만 모든 원인의 결과를 스스로에게 돌리지 않을 뿐이다. 지금 내가 충분히 행복하지 않은 것은 다른 사람 때문이거나 사회 문제라고 치부한다.

따뜻한 밥을 먹기 위해서는 우선 씨앗을 뿌려야 한다. 씨앗을 뿌리지 않으면 100년을 기다려도 싹이 나지 않는다. 만약 지금 따뜻한 밥을 먹을 수 있다면, 그것은 과거에 많은 씨앗을 뿌려두었기 때문이다. 인생의 모든 결과들은 과거에 내가 어떤 노력을 했느냐에 따라 결정되는 것이다. 우연은 없다. 따라서 지금 무엇을 할 것인가를 결정해야 한다. 그 결정에 따라 싹이 나고 줄기가 튼튼해지며, 과실이 열릴 것이기 때문이다.

유명한 석유 억만장자 헌트H. I. Hunt는 목화 재배를 하다 파산했다. 그러나 훗날 수십억 달러를 벌어 세상에서 가장 부유한 사람 중 한 명이 되었다. 그에게 성공 비결을 묻자 그는 "성공하려면 두 가지만 있으면 됩니다. 첫째는 자기가 원하는 것이 무엇인지 명확하게 결정하는 것입니다. 둘째는 그것을 얻기 위해 어떤 노력을 할 것인지 정하는 것입니다"라고 말했다.

세상에 우연은 없다.
기회가 예상치 못했던
다른 모습으로 올지 몰라도,
그것은
내가 뿌려놓은 씨앗이
예상보다
잘 자란 것에 불과하다.

우리는 대부분 무엇을 원하는지 어렴풋이 생각하고는 있지만, 그것이 정확히 무엇인지, 그것을 위해 무엇을 해야 하는지는 명확히 하지 못한다. 콩 심은 데에서 팥이 나올 리 없고, 팥 심은 데에서 콩이 나올 리 없다. 콩을 원한다면 콩을 심어야 한다. 또한 콩을 얼마만큼 원하는가에 따라 어느 정도 씨앗을 뿌릴지, 즉 어떤 노력을 할지 결정해야 한다.

　　어둠을 탓하고만 있어서는 밝아지지 않는다. 어둠이 무섭다면 초에 불을 붙여야 한다. 세상에 우연은 없다. 기회가 예상치 못했던 다른 모습으로 올지 몰라도, 그것은 내가 뿌려놓은 씨앗이 예상보다 잘 자란 것에 불과하다. 복권에 당첨되려면 우선 복권을 사야 하는 것과 마찬가지다. 복권을 사는 노력조차 하지 않고서는 복권에 당첨될 수 없는 것이다.

# 최고를 따라 하라

옛말에 '아이 보는 데서는 찬물도 못 마신다'는 속담이 있다. 아이들은 모방성이 강하므로 아이들 앞에서는 잘못된 행동을 하지 않도록 조심하라는 뜻이다.

실제로 아이들은 부모들과 비슷한 특징을 보인다. 부모가 열등감이 많다면 자녀도 열등감이 많아진다. 공부를 강조하면서 책 한 권 읽지 않는 부모라면 자녀도 똑같이 말만 하고 실천하지는 않는 사람이 될 가능성이 많다. 부모의 인생 목표가 오로지 돈을 많이 버는 것이라면 자녀도 커서 부정부패를 아무렇지 않게 저지를 공산이 크다. 반면 부모가 자녀들에게 올바른 인생관을 심어주고, 그들 자신도 올바르게 행동한다면 자녀들 역시 훌륭한 사람이 될 확률이 높아진다. 이처럼 자녀들은 부모를 모방하면서 세상을 배워나가는 것이다.

최근 우리 사회에서 존경할 만한 인물로 안철수 서울대 융합과학기술대학원장을 꼽는다. 의사에서 벤처 기업 사업가로 그리고 다시 교육자로 끊임없이 도전해온 안철수 교수는 참으로 대단한 인물이다. 그를 이처럼 훌륭하게 성장시킨 그의 부모님이 궁금해진다. 좋은 부모 밑에 좋은 인재가 성장할 수 있기 때문이다.

안철수 교수는 주변 사람들에게 항상 존댓말을 쓴다. 벤처 기업을 운영할 때 신입 사원에게도 존댓말을 썼으며, 카이스트에서 학생들을 가르칠 때도 존댓말로 수업을 진행했다. 이처럼 존댓말을 쓰는 이유에 대해 그는 한마디로 말한다.

"그냥 습관이 돼서요."

그의 어머니 이야기를 들어보면 왜 그런 습관이 생겼는지 알게 된다. 안철수 교수가 고등학생일 때 하루는 늦잠을 자서 택시를 타고 등교해야 할 일이 있었다. 아들이 지각을 하게 되자 어머니의 마음도 함께 급해져 택시를 타는 곳까지 동행했다. 택시를 잡고 문을 닫는데 어머니는 아들에게 이렇게 인사를 했다고 한다.

"안녕히 다녀오세요."

그러자 택시 기사는 눈이 휘둥그레지며 어떤 분인데 존댓말을 하냐고 물었다. 고등학생인 안철수 교수는 별 생각 없이 어머니라고 말했다. 그러자 택시 기사는 한 번 더 놀라며 "어머니께 꼭 효도하세요. 저렇게 좋은 어머니는 세상 어디에도 없을 것입니다."라고 얘기했다고 한다.

그때 안철수 교수도 함께 놀랐다고 한다. 그는 지금까지 모든 어머니들이 자녀에게 존댓말을 쓴다고 생각했기 때문이다.

안철수 교수가 벤처 기업을 할 때 어린 직원들에게 존댓말을 한 것도, 강단에서 학생들을 가르치며 존댓말을 한 것도 모두 어렸을 때부터 상대방을 존중하는 어머니를 닮았기 때문이었다. 그게 습관이 되어 50세인 현재까지 모든 사람에게 존댓말을 하는 것이다.

## 우리는 누군가를 모방하며 성장한다

그림을 그린다고 가정하자. 처음에는 그림 그리는 것이 쉽지 않다. 미술 학원에 가면 처음에는 현실을 그대로 모방하는 방법부터 가

행복하고 싶다면 지금 주위에서
가장 행복한 사람을 찾아야 한다.
그리고
그가 왜 행복하지를 파악하고
그가 하는 방식을 따라 하면
그의 행복을
나도 역시 누릴 수 있을 것이다.

르쳐준다. 현실은 하나의 그림이며, 그것을 그대로 옮기는 것만으로도 충분히 연습이 되기 때문이다. 그 이후에 상상력이 덧붙여져 자신만의 그림을 창조할 수 있는 것이다. 과학의 발전도 모방을 통해 이루어져왔다. 이미 알려진 원리들을 모방하며 배우고 그 위에 상상력을 동원해 새로운 기술을 쌓는 것이다.

어떤 분야에서 최고가 되는 방법도 비슷하다. 장사를 하고 싶다면 최고의 장사꾼을 따라 하면 된다. 처음에는 모든 것이 쉽지 않을 것이다. 그러나 점차 몸에 익으면 나 역시 최고의 장사꾼이 될 수 있다. 성공을 원한다면 나보다 앞서 성공한 사람이 어떤 방법으로 성공했는지 찾아보고, 그 성공 방법들을 그대로 따라 하면 된다. 즉 모방이 우선이고 창조는 그 다음이다. 최고를 모방하면 최고처럼 될 수 있다. 그 이후에 내게 맞는 개성을 씌우는 것이다. 그렇게 하면 그 어떤 것이든 완벽하게 나의 것으로 만들 수 있다.

건강하고 싶다면 장수한 사람들이 어떻게 건강을 유지했는지 찾아야 한다. 그들이 했던 건강을 지키는 방법들을 그대로 실천한다면 우리 역시 건강하게 장수할 수 있을 것이다. 행복하고 싶다면 지금 주위에서 가장 행복한 사람을 찾아야 한다. 그리고 그가 왜 행복하지를 파악하고 그가 하는 방식을 따라 하면 그의 행복을 나도 역시 누릴 수 있을 것이다.

# 실패에서 배운다

실패는 성공의 어머니다. 이 말은 모든 사람이 알고 있다. 알면서도 실천하지 못하는 가장 대표적인 말이기도 하다. 어떤 일에 도전했다가 실패했다는 것은 그렇게 하면 안 된다는 지혜를 얻은 것이다. 다시 말해 성공에 조금 더 다가간 것이다. 그렇기 때문에 실패를 반복해야 한다. 실패를 경험하지 않은 사람은 그 어떤 도전도 시도하지 않은 사람일 뿐이다. 하버드 대학에서는 성공 사례보다 실패 사례에 더 중점을 두고 연구한다. 성공한 사람치고 실패를 겪지 않은 사람은 없기 때문이다. 연구 결과 성공한 사람들은 그렇지 않은 사람들과 한 가지 다른 점이 있었다. 대부분의 경우 실패와 마주하면 포기하는 쪽을 택하지만, 성공하는 사람들은 몇 번이고 실패해도 다시 그 실패와 정면으로 부딪쳐 나아간다.

## 🦋 언제나 맑고 화창하면 그곳은 사막이 된다

미국 행정부는 국민들에게 용기를 주기 위해 16대 대통령 에이브 러햄 링컨이 얼마나 많은 실패를 극복했는지, 실패 사례를 보여주는 광고를 한 적이 있다.

1831년  사업 실패

1832년  국회의원 선거 낙선

1833년  두 번째 사업 실패

1835년  아내를 잃음

1836년  신경 쇠약에 걸림

1843년  국회의원 선거 낙선

1855년  상원 의원 선거 낙선

1856년  부통령 낙선

1858년  상원 의원 선거 낙선

1860년  대통령에 당선

인자한 얼굴과 노예 해방으로 기억되는 링컨 대통령은 성인기 절반 이상을 우울증을 겪으며 보냈다. 그리고 결국 이 모든 것을 극복하고 최고의 대통령 자리에 오른 것이다. 그의 일기장에는 이런 말이 적혀있었다고 한다.

"내가 걷는 길은 험하고 미끄러웠다. 그래서 나는 자꾸 미끄러져 길바닥 위에 넘어지곤 했다. 그러나 나는 곧 기운을 차리고 내 자신에게 말했다. 괜찮아! 길이 미끄럽긴 해도 낭떠러지는 아니야."

미국 사회에서 맨몸으로 시작해 '실리콘 밸리 신화'를 쓴 TYK 그룹 김태연 회장의 좌우명을 들어보면 다시 힘이 솟을 것이다. 그녀는 실의에 빠진 사람들에게 항상 이렇게 말했다.

"He can do. She can do. Why not me?
그도 할 수 있고 그녀도 할 수 있는데, 하물며 왜 나라고 못하겠는가?"

나는 김태연 회장의 말을 믿는다. 나 역시 아무것도 가진 것 없이 시작해 지금까지 달려왔기 때문이다. 내 인생이 다른 사람보다 굴곡이 많다고 해서 한숨을 쉬지는 않았다. 조바심을 내지도 않

"내가 걷는 길은 험하고 미끄러웠다.
그래서 나는 자꾸 미끄러져
길바닥 위에 넘어지곤 했다.
그러나 나는 곧 기운을 차리고
내 자신에게 말했다.
괜찮아! 길이 약간 미끄럽긴 해도
낭떠러지는 아니야."

-에이브러햄 링컨의 일기장에서

았다. 남들과 비교하지도 않았다. 나빠 보였지만 그것이 더욱 좋은 결과를 낸 적도 있었고, 당장은 좋아 보였지만 결국 좋지 않은 결과를 낸 적도 많았기 때문이다. '언제나 맑고 화창하면 그곳은 사막이 된다'는 말을 믿는다.

## 🦋 실패는 성공의 발판

그렇다면 사람들은 왜 도전하지 않을까? 또는 도전했지만 한두 번의 실패에도 바로 포기하는 것일까? 그것은 새로운 아이디어와 마주하면 의심부터 하는 속성이 있기 때문이다. 즉, 현재의 상태가 극도로 불편하지 않다면, 굳이 애써 노력하려고 하지 않는다. 그냥 지금 그대로 머무르려고 한다.

곤충 중에서도 아주 작은 벼룩은 자기 몸길이의 400배가 넘는 높이인 150센티미터까지 뛰어오를 수 있다. 그런데 이 벼룩을 잡아 작은 유리병 속에 넣으면 어떻게 될까? 처음에는 높이 뛰어올라 유리병 밖으로 나가려고 하지만 병뚜껑에 몇 번 머리를 부딪치면 이내 병 높이만큼밖에 뛰어오르지 않는다. 뚜껑을 열어놔도 벼룩은 병 밖으로 빠져나가지 않는다. 더 놀라운 것은 병 안에 있던 벼룩을 병 밖으로 빼놓아도 병뚜껑 높이밖에 뛰지 못한다는 것이다.

육지 포유류 중 가장 큰 포유류인 코끼리도 이와 비슷한 행동을 한다. 코끼리는 몸집이 큰 만큼 힘도 세서 길들이기가 쉽지 않다. 그러나 아기 코끼리일 때 커다란 나무에 한쪽 발을 묶어놓으면 몇 번 도망가려고 시도하다가 계속 조여오는 발목이 아파 더 이상 시도를 하지 않게 된다. 그때부터는 아주 가느다란 실로 발목을 살짝 묶어놔도 도망갈 생각조차 하지 않는다. 코끼리가 도망칠 생각을 하지 않으면 그때부터 자연스럽게 훈련을 시킬 수 있다.

꿈이 없고 도전하지 않는 사람은 벼룩이나 코끼리와 다를 바 없다. 어릴 적에는 많은 꿈이 있었을 것이다. 대통령이 되고 싶어하고 축구 선수나 발레리나를 꿈꾸기도 한다. 과학자나 연예인을 바라기도 했다. 그런데 조금씩 현실과 부딪치면서 유리병 속에 든 벼룩처럼, 한쪽 다리가 묶인 코끼리처럼 이내 더 이상 현실에서 벗어나려고 하지 않는 것이다. 그리고 그것으로 만족한다. 도전하려고 용기를 내보다가 주위 사람들의 만류에 쉽게 포기하기도 한다. 그 사람들은 이미 현실과 타협하고 벼룩처럼, 코끼리처럼 살고 있어 계속해서 실패 메시지를 전하는 것이다.

나 역시 비슷한 경험이 있다. 서른 살 초반, 처음으로 사업을 시작하려 했을 때 많은 사람들이 만류했다. 가만히 있어도 괜찮은 월급을 받으며 편하게 지낼 수 있는데 왜 굳이 사서 고생을 하느냐는 것이다. 그런데 사업이 어느 정도 궤도에 진입하자 그 사람들은 '너라면 꼭 해낼 줄 알았다'고 했다. 잘나가던 사업이 갑자기 어려워지자 그들은 또다시 '네가 실패할 줄 알았다'고 번복했다. 그저 현실을 있는 그대로 바라보면서 도전의 두려움에 맞서지 않는 쪽으로 이야기하는 것이다.

새로운 도전을 위해 미국으로 가려고 했을 때도 사람들은 비슷하게 말했다. '미국에 가면 뭐라도 잘할 수 있을 것 같으냐? 한국에서도 성공하지 못했는데 미국에서 성공하는 것은 불가능하다'라는 실패 메시지를 전하는 것이다. 그러나 나는 보란 듯이 성공했다. 재미 교포 사이에서 기부금을 가장 많이 낼 수 있을 정도로 사업이 번창했던 것이다. 주변 사람들은 다시 내게 '당신처럼 열정이 가득한 사람이라면 성공하는 것이 당연하지 않겠느냐'고 했다.

만약 새로운 도전을 다시 시작하려고 한다면 분명 몇 번의 실패를 뛰어넘어야 할 것이다. 아마 그때마다 사람들은 실패를 위한 말을 전할 것이다. 현실에 안주하라는 것이다. 그러나 도전을 하려는 사람이라면 실패를 극복해야 하는 것은 물론 실패 메시지까지 극복해야 한다. 인생의 진정한 주인공은 그 누구도 아닌 바로 나 자신이기 때문이다.

# 우리는 모두
# 다이아몬드의 원석이다

나는 현대그룹의 고故정주영 회장을 좋아하고 존경한다. 미국 하원 의원에 도전하기로 다짐했을 때 한 번 만나뵐 기회가 있었다. 그분은 나에게 대뜸 왜 미국에서 정치에 도전하느냐고 물었다. 나는 이렇게 대답했다.

"미국은 이민자들의 나라입니다. 저도 미국 시민권이 있는 이민자입니다. 그러니 그냥 뒷전에서 정치 헌금만 내는 것은 옳지 않다고 생각해서 도전하고자 합니다."

그랬더니 소탈하고 인자한 미소를 지으며 이렇게 답했다.

"그럼 해봐."

그 소탈하고 평온한 표정이 너무나 인상적이었기 때문에 나는 아직까지 그분을 좋아하고 존경한다. 또한 그의 탁월한 사업적 안목과 야성 넘치는 투지도 내가 그를 좋아하는 이유다. 그는 칭기즈 칸의 성공 비결 1호인 '야성'을 현대그룹의 생리로 만든 경영자다. 야성의 핵심은 적자생존의 투지이며 사치와 인공을 경멸하는 소박함이다. 그의 이런 경영 이념으로 인해 지금의 현대그룹이 생긴 것이며, 나아가 한국의 경제도 조금은 더 발전했을 것이다.

그의 야성을 대변하는 일화가 있다.

1975년 여름, 박정희 대통령은 현대건설 정주영 사장을 청와대로 급히 불렀다.

"달러를 벌 수 있는 좋은 기회가 있는데 다들 못하겠다고 합니다. 지금 당장 중동에 다녀와주십시오. 만약 정 사장도 안 된다고 하면 그땐 나도 포기하지요."

"무슨 얘기입니까?"

"지금 중동 국가들은 사회 인프라를 건설하려고 혈안이 되어

있습니다. 그런데 기술이 부족한 모양입니다. 도로며 건물 등을 짓고 싶은데 너무 더운 나라이기 때문에 선뜻 나서는 나라도 기업도 없나 봅니다. 그래서 우리에게 기회가 왔습니다. 내가 관리들을 보냈더니 너무 더워 낮에는 일할 수 없고, 건설 공사에 필요한 물이 없어 공사를 진행하기 힘들다고 하더군요."

"아, 그런 것이었습니까? 지금 당장 출발하겠습니다."

정주영 사장은 말이 떨어짐과 동시에 중동으로 날아갔고 5일 만에 다시 박정희 대통령을 만났다.

"지성이면 감천이라더니 하늘이 우리나라를 돕는 것 같습니다. 중동은 이 세상에서 건설 공사를 하기에 제일 좋은 지역입니다. 일 년 열두 달 비가 오지 않으니 일 년 내내 공사를 할 수 있습니다. 모래며 자갈 등이 현장 근처에 있으니 자재 조달도 쉽습니다. 물은 모래와 자갈을 운반하듯 가까운 곳에서 운반하면 그만입니다."

"그렇다면 더위는 어떻게 대처하겠소?"

"사실 낮에는 정말 더워서 일을 하기 힘들 것 같습니다. 그래서 낮에 자고 밤에 일하면 가능합니다."

달러가 부족했던 그 시절, 정주영 회장은 그의 야성적인 경영 이념으로 30만 명이나 되는 일꾼들과 함께 중동으로 가서 도전했고 결과는 성공적이었다. 그리고 그 일로 우리나라의 국가 위상도 한층 더 높아졌음은 물론이다.

## 🦋 토끼가 호랑이가 된다면

우리도 이처럼 할 수 있다. 야성을 깨우기만 하면 된다.

토끼는 여우가 두려워 매일 굴에 숨어 살았다. 깨어있을 때도 잠을 잘 때도 혹시 여우에게 잡아먹히지 않을까 두려움에 떨면서 살아야 했다. 그러다가 문득 여우가 없는 곳으로 도망가서 살면 지금처럼 두려워하지 않아도 될 것이라는 생각이 들었다. 그날 밤 토끼는 옆의 숲으로 떠났다. 여우가 없는 세상은 너무나 행복했다. 배불리 먹고 풀밭에 드러누워 잠을 자도 무엇 하나 방해되는 것이 없었다. 너무나 조용하고 평화로운 세상이었다.

어느 날, 토끼는 여느 때처럼 풀밭에 누워 잠을 자고 있었다. 어디선가 늑대가 나타나 배불리 먹고 낮잠을 즐기고 있던 토끼의 목을 물었다. 깜짝 놀란 토끼는 깨달았다. 고요할 정도로 평화로웠던 이유는 늑대가 이미 모든 동물들을 잡아먹어버렸기 때문이라는 것을.

우리들도 어쩌면 토끼처럼 행동하는지 모른다. 여우라는 현실을 극복하려고 하지 않고 도망 다니고만 있는 것이다. 그러나 진정한 평화를 얻기 위해서는 위험으로부터 도피해서는 안 된다. 스스로 힘을 길러 호랑이가 되면 된다. 지금의 위험이 아무런 위협이 되지 않을 정도로 자신의 역량을 키우면 되는 것이다.

자연에서 토끼는 아무리 노력해도 호랑이가 될 수 없지만 우리는 노력에 따라, 자신의 일에 얼마나 미쳤는가에 따라 늑대도 될 수 있고 호랑이도 될 수 있다. 야성을 깨워 두려움에 당당히 맞서야 한다. 그러면 조금씩 변하기 시작하여 아무것도 두려워할 것이 없게 된다. 진정한 호랑이가 되는 것이다.

다이아몬드는 원래 진흙이나 단단한 바위 속에 있는 것이다. 강한 압력과 높은 온도를 견뎌낼 때에만 진흙이나 바위는 다이아몬드로 재탄생한다. 우리의 능력도 마찬가지다. 우리는 이미 다이아몬드의 능력을 가지고 태어났다. 다만 강한 압력과 높은 온도와 같은 시련을 견뎌내지 않은 것뿐이다. 시련을 견뎌내면 견뎌낼수록 더욱 영롱하게 빛나는 다이아몬드가 될 수 있다. 많은 사람들은 몇 번의 충격만 받아도 포기해버리고 만다. 그렇지만 포기하지 말자. 우리는 모두 다이아몬드의 원석이기 때문이다.

# 비가 올 때까지
# 기우제를 올려라

열심히 했지만 목표를 이루지 못했다고 말하는 사람이 많다. 그런 사람들은 언제나 과거의 이야기만 한다. 과거에는 그 누구보다도 많이 노력했다는 것이다. 그러나 목표를 이루지 않고 성공에 다가가지 못했으며 그래서 행복하지 못한 사람들은 대부분 조금 덜 미쳐있었기 때문에 실패한 것이다.

인디언들이 기우제를 올리면 반드시 비가 온다. 왜냐하면 그들은 비가 올 때까지 기우제를 하기 때문이다.

그럼 우리의 인생을 한번 천천히 뒤돌아보자. 학창 시절 성적을 올리기 위한 노력을 해봤을 것이다. 성적을 올리는 데 있어 최종 목표는 항상 1등일 것이다. 숫자상으로 그 이상 올라갈 수는 없기 때문이다. 꼴찌에서 벗어나는 것을 목표로 했다가, 성적이 조금 더 오르면 조금 더 높은 목표를 가질 것이다. 그러니 최종 목표는 항상 1등이다.

그런데 1등을 바라면서 고작 하루나 이틀 정도 공부하느라 밤을 샌다. 1등을 하려면 공부에 미쳐서 항상 공부만 생각해야 하는데, 하루 종일 공부에 매진한 것도 아니고 하루 중에 몇 시간만 책상에 앉아있다. 그러면서 성적표가 나오면 머리가 나빠 공부에 소질이 없다고 자신을 위안한다.

처음 미국에 갔을 때 나는 그야말로 벙어리 신세였다. 기본적인 단어 몇 가지를 빼고는 전혀 의사소통이 되질 않았다. 본격적으로 장사를 시작해야겠다고 결심했으니, 협상과 흥정을 잘하려면 우선 영어가 되어야 했다. 그래서 하루 종일 영어 테이프를 듣고 따라 하기를 반복했다. 만약 한국에 있었다면 그래서 영어가 그다지 절실하지 않았다면 영어에 미치지 않았을 것이다. 반짝 공부하고는 소질이 없다고 생각하여 중도에 포기했을지 모른다.

성공한 사람들 중 상당수는 보잘것없는 학벌을 가지고 있다. 대학은 물론, 초등학교조차 졸업하지 못한 사람도 많다. 몸이 불편한 장애인도 많고 정신 질환에 걸린 사람도 있다. 그러나 그들 모두 어떤 일에 미쳤고 그래서 성공에까지 이를 수 있었다. 그리고 성공으로 가는 과정에 성취감을 느끼면서 행복해했을 것이다.

인디안 기우제의 비밀을 가슴속에 새기자. 가장 중요한 것은 목표를 세우는 것이다. 그리고 그 목표를 이룰 때까지 절대로 포기하지 말자. 그 과정에서 많은 사람들이 실패 메시지를 전할 것이다. '포기하면 편해', '지금 이대로도 좋아'. 그러나 무시하자. 그리고 이왕 미쳐야 한다면 확실하게 미쳐보자. 단비가 내릴 때까지 기우제를 올려야 한다. 그러면 분명 성공의 싹이 트고, 그 싹이 자라나서 열매를 맺을 것이다. 달콤한 열매를 먹고 다시 씨를 뿌리면 더 많은 열매를 얻을 수 있다.

미치면 미칠 수 있다. 광기를 가지고 도전하면 목표한 곳에 다다를 수 있다. 그것이 핵심이다. 늦었다고 생각하지 말자.

75세인 나 역시 새로운 것에 도전한다. 도전하는 것이 그냥 머물러있는 것보다 훨씬 즐겁기 때문이다. 아직 우리에게는 시간이 많이 남아있다. 넘어진다면 다시 일어나면 그만이다. 아이가 태어나 자연스럽게 걸을 때까지는 최소한 4000번 넘어진다고 한다. 우리 모두 걸음마를 배울 때 그랬을 것이다. 그렇게 실패를 반복하면서 결국 걷고 뛰는 것을 이뤄냈다. 그러니 지금 넘어져있다고 생각한다면, 다시 일어나자. 그리고 달려보자. 바보들은 결심만 한다. 그러나 성공하는 사람들은 결심과 동시에 행동을 한다는 것을 명심하자. 중요한 것은 결심이 아니라 행동이다.

마침내
청춘이다

# Part 3

## 행복에
## 미친
## 사람들

# 공짜 점심은 없다

일 때문에 죽을 것같이 힘들 수는 있지만 죽는 일은 결코 없다. 바쁘면 바쁠수록, 노력하면 노력할수록 더 많은 힘이 생긴다. 마치 운동을 하면 할수록 근육이 생기는 것처럼, 일도 하면 할수록 일 근육이 생긴다.

지금 화려한 조명을 받고 있는 사람들은 모두 자기 분야에서 단련된 일 근육이 있는 사람들이다. 끊임없이 일 근육을 단련하는 노력이 있었기에 지금 화려한 조명을 받는 것이다.

## 🦋 어느 프로듀서의 무모한 도전

나는 나이에 맞지 않게 박진영이라는 가수 겸 프로듀서를 좋아한다. 그의 노래도 좋지만 그의 노력하고 도전하는 모습이 더욱 좋다. 현재 박진영 씨는 명실 공히 우리나라 최고의 프로듀서로 성공적인 미국 진출을 했다. 그러나 그가 미국에 첫발을 내딛자마자 성공한 것은 아니다.

그가 미국 진출을 선언하자 그의 회사에 투자했던 많은 사람들이 괜히 고생만 하고 돈만 축낼 것이라며 말렸다. 박진영 씨는 그 사람들에게 두 달만 도전해보고 성과가 없으면 돌아오겠다고 말했다. 그야말로 배수의 진을 친 것이다. 두 달 안에 성과를 내지 못하면 자기 자신은 물론 남들에게도 비웃음거리가 될 판이었다. 자신이 제작한 음반 열 장을 들고 미국 기획사 열 곳을 방문해서 전달하고 관계자들과 협상을 진행할 예정이었다.

그러나 미국 진입의 벽은 생각보다 높았다. 우선 낯선 동양인에게 호의적이지 않았기 때문에 안내 데스크 여직원을 통과하기도 힘들었다. 10개 제작사 모두에서 아무런 성과도 거두지 못하고 돌아오기를 반복했다. 물론 음반을 전해주지도 못했다.

그는 포기하지 않았다. 같은 기획사를 열 번이고 백 번이고 방문했다. 별다른 일을 한 것도 아니었다. 그저 안내 데스크에 가서 "관계자들에게 음반을 전해주기 위해서 방문했다. 그들을 만날 수 있느냐?"고 묻고는 기다리는 것이 전부였다. 박진영 씨가 "언제쯤 그들을 만날 수 있을까요?"라고 물으면 안내 데스크에 있는 사람은 "글쎄요, 한 세 시간 후에 돌아오실 것 같습니다"라고 답했다. 그러면 그는 막연한 기대감을 갖고 세 시간을 기다리는 것이다.

왜 이처럼 비효율적으로 일을 했냐고 물을 수도 있다. 그러나 그 당시에는 그렇게 하는 것 외에 다른 방법이 없었다. 그는 미국 음악계에 인맥이 있지도 않았고, 자기 자신에 대한 인지도도 없었다. 미국인들이 보기에 그는 그저 낯선 동양인에 불과했다.

이런 노력 끝에 그의 음반은 안내 데스크에서 드디어 음반 제작 관계자에게 전해졌다. 그러나 바로 성과가 있었던 것은 아니다. 우리가 너무 많은 스팸 메시지를 받는 것처럼 음반 제작자는 너무 많은 CD들을 받았으며, 그중 대부분은 수준이 형편없이 낮은 것들이었다. 이제 박진영 씨는 안내 데스크에 찾아가 이렇게 묻기 시작했다. "관계자께서 음반을 들어보셨나요? 제 음반을 들어봤는지 확인할 수 있는 방법이 없을까요?" 다시 그렇게 수도 없이 방문하기 시작했다. 결국 음반 기획자가 그의 음반을 들었고, 감탄했다.

대부분 이런 난관에 부딪치면 포기하게 마련이다. 아니, 이런 난관이 걱정되어 시도조차 하지 않는 경우가 많다. 그러나 그는 끊임없이 노력하면 성공할 수 있다는 자신감과 확신이 있었다. 그래서 남들이 보기에 무모한 도전을 멈추지 않았던 것이다.

## 🍃 사람이 아름다운 것은 열정 때문이다

골프 여제라고 칭송받는 신지애 선수를 보자. 〈뉴욕 타임즈〉는 "명예의 전당에 헌액된 박세리 선수 이후 최고다"라고 평했다. 그녀는 156센티미터의 단신인데다가, 작고 오동통한 손바닥은 골프 선수로서 적합한 신체 조건이 아니다. 그럼에도 이를 극복하고 최고가 된 것이다. 극복한 것은 신체 조건만이 아니다. 가난과 눈물을 머금고 다시 일어선 인물이기에 더욱 큰 감동을 준다.

초등학교 5학년 때 목사인 아버지의 권유로 골프를 시작했다. 그러다 중학교 3학년 때 어머니가 교통사고로 세상을 떠났고, 두 동생과 아버지는 중상을 입었다. 이 사고 이후 밤에는 병원 보조 침대에서 새우잠을 자고 가족들 병수발을 들면서 낮에는 골프 연습을 하는 생활을 반복했다. 골프 이외에는 방법이 없었기 때문에 더욱 독하게 연습했다. 남은 가족들이 퇴원을 했다고 해서 끝난 것이 아니다. 지독한 생활고가 이어졌다. 월세 15만 원의 단칸방에서 네 식구가 살면서도 그녀는 골프채를 놓지 않았다. 그렇게 힘들 때일수록 더욱 연습에 매달렸다. 연습을 하다 보면 힘든 생각이나 잡념이 사라졌기 때문이었다.

이러한 노력의 결과 골프 입문 2년 만에 주니어 골프 대회에서 우승했으며, 프로 전향 3년 만인 20세의 나이에 LPGA 메이저 대회에서 우승컵을 거머쥐었다. 그리고 각종 대회를 석권하기 시작했으며, 세계 여성 골퍼 상금 랭킹 선두를 차지하고 골프 여제로 등극했다. 그녀는 자기의 어려웠던 시절을 생각하며 매년 1억 원을 독거노인이나 소년 소녀 가장들을 위해 기부하고 있어, 그의 노력이 더욱 아름다워 보인다.

어디 박진영 씨와 신지애 선수뿐이겠는가? 독일 슈투트가르트 발레단의 유일한 종신 단원으로 독일뿐만 아니라 세계적인 사랑을 받고 있는 강수진 씨를 보면 화려한 무대 위의 아름다운 발레리나도 흘린 땀의 얼룩으로 만들어진다는 불변의 진리를 알게 된다. 특히 엉망이 된 그녀의 발을 보면 그녀가 얼마나 노력했는지, 얼마나 많은 인고의 세월을 보냈는지 알 수 있다. 한 주에 거의 10개의 토슈즈를 바꿔 신을 만큼 연습을 했던 그녀의 발은 상처에 상처가 더해져 그대로 굳어버렸다. 백조의 움직임이 아름답고 우아해 보이는 것은 수면 아래서 쉴 새 없이 발을 움직이고 있기 때문인 것처럼, 발레리나 강수진 씨가 아름다울 수 있는 이유는 끊임

없이 노력하는 열정 때문일 것이다.

과거 독일의 명문 구단에서 최고의 활약을 펼쳤던 축구 선수 출신의 차범근 씨는 자신의 트위터에서 이렇게 말한 바 있다.

"내가 분데스리가에서 뛰고 있을 때, 경기를 마치고 운동장을 걸어 나오면서 내 몸에 힘이 남아있는 것을 느낄 때면 경기 내용에 상관없이 후회스러웠던 기억이 납니다. 매주 토요일이면 남김없이 쏟고 다시 채우는 생활, 마치 자신을 사육하는 것처럼 살았던 생활이 그때는 왜 그렇게 행복했던지요. 아니, 그래야만 행복했습니다. 어쩌면 행복은 미치도록 빠져야만 느낄 수 있는 것인지도 모릅니다."

## 🦋 화려한 꽃을 피우기까지

사람들은 성공한 인물들의 화려한 현재 모습만 본다. 그러나 이처럼 화려하게 꽃피울 수 있었던 것은 그동안 뿌리를 내리고 가지를 뻗고, 잎을 피웠기 때문이다. 그리고 밟히고 꺾이기를 반복했지만 그것에 아랑곳하지 않고 다시 일어섰기 때문이다.

이 세상에 공짜는 없다. 만인이 우러러보는 그 영광 뒤엔 보통 사람들의 상상을 초월하는 피와 땀으로 얼룩진 노력이 있다. 성공하기 이전 이들의 목표를 들었다면 대부분의 사람들은 그것은 목표가 아니라 그저 꿈이며 환상일 뿐이라고 했을 것이다. 그러나 그들은 그 꿈과 환상을 이루기 위해 목표를 세우고 끊임없이 전진했다. 그 한 걸음 한 걸음이 모여 꿈에 이른 것이다. 다시 말해 꿈을 이루기 위해 미친 사람들이었다. 꿈을 이루기 위해 미쳐있었기 때문에 오늘의 영광이 있는 것이다.

70세인 차사순 할머니를 보면 집념이 평범한 삶과 성공한 삶의 차이를 만든다는 진리를 다시 한 번 깨닫게 된다. 할머니는 960번째 자동차 운전면허 시험에 도전해 결국 운전을 하고 싶다는 목표를 달성했다. 어려운 가정 형편 때문에 초등학교 이후 더 이상 공부를 하지 못한 차 할머니는 운전면허 필기시험에 합격하기 위해 959번을 도전했다. 그리고 결국 5년 만인 960번째 도전 끝에 목표를 이룰 수 있었다. 그녀가 도전한 종목은 운전면허증만이 아니었다. 미용사 자격증을 따기 위해 55세에 공부를 시작해서 3년 만인 58세에 목표를 이룬 경험도 있다.

차 할머니는 한 인터뷰에서 "이 늙은 사람도 희망을 포기하지 않고 도전하며 노력해 목표를 이루었다. 그러니 나보다 젊은 사람들은 나보다 더 큰 목표를 세우고 더욱 많이 노력하면 이루지 못할 것이 없다. 끝까지 도전해야 한다"고 말했다.

도전적인 삶을 살아오면서 인간 승리를 이룬 사람은 이루

다 말할 수 없을 만큼 많다. 꿈을 향해 도전하자. 늦었다고 낙담만
하지 말자. 실패해도 좋다. 한 걸음 더 성공에 가까워졌을 것이다.
누구나 쓰러질 수 있다. 중요한 것은 다시 일어나는 것이다. 도전
하기에 늦은 시간은 없다. 그리고 세상에는 공짜 점심도 없다.

# 우리나라에서
## 가장 비효율적인 사람

초등학교 시절 60명 중 30등 정도였던 학생이 의사가 되고, 다시 경영자가 되고 또 다시 교수가 됐다. 바로 안철수 교수다.

학창 시절 그는 공부를 썩 잘하지는 못했다. 다만 책을 읽는 것을 너무나 좋아했다. 초등학교 도서관 사서는 그가 매일 너무 많은 책을 빌려가서 대출증에 과시용으로 자신의 이름을 남기는 장난을 치고 있다고 생각하기까지 했다. 그렇게 책을 좋아했던 그는 서울대 의대에 합격하여 촉망받는 의사의 길로 들어선다. 그러나 그가 즐겼던 것은 의학보다 컴퓨터 프로그램이었다.

안철수는 젊은 시절 새벽 3시부터 6시까지는 바이러스 백신을 만들고 낮에는 박사 과정 학생으로 생활했다. 특히 바이러스 백신 프로그램을 만드는 것에 미쳐 군 입대 전날까지 아무것도 하지 않고 몰입한다. 그리고 입대 전 목표로 했던 바이러스 백신 프로그램을 만들어 세상에 공개한다. 입대 후 집에 연락을 하기까지 아무도 그가 군대에 갔다는 사실을 몰랐을 정도다.

의학 교수와 컴퓨터 프로그래머의 두 가지 일을 하던 그는, 지도 학생을 받으면 학생 몰래 백신 프로그램을 만드는 외도를 할 수 없어 둘 중 하나를 선택하기로 결심한다. 그리고 컴퓨터 백신 프로그램을 개발하기 위해 지도 교수직에서 물러난다. 그 당시만 해도 백신 프로그램을 만드는 일은 돈벌이가 되지 않고 미래도 불투명했지만 '더 의미 있고, 재미있고, 잘할 수 있는 것'을 찾아 과감히 지도 교수에서 물러난 것이다.

백신 프로그램 개발이 돈벌이가 되지 않는다는 것을 알고 있었기 때문에 그는 '비영리 공익 법인'을 만들고 싶어했다. 공공 기관이나 단체를 찾아다니며 설득해보았지만 컴퓨터 백신 프로그램이 무엇인지, 그게 왜 필요한지도 모르던 시절이었다. 그는 차선책으로 창업을 결심한다. 그렇게 '안철수연구소'가 탄생했다. 자신의 기업을 세웠음에도 '공익 법인'을 만들겠다고 생각한 이념은 변치 않고 실천했다. 기업이나 단체에만 유료 판매하고 개인에게는 무료 배포를 원칙으로 했다. 이 원칙은 아직까지 지켜지고 있다.

안철수연구소가 자리 잡게 된 결정적인 사건은 1999년에 발생한다. 이른바 체르노빌 바이러스라는 악성 프로그램이 발생하여 30만 대의 컴퓨터가 이 바이러스에 감염됐다. 바이러스 프로그램 역사상 최초로 9시 뉴스에서 보도할 정도였다. 수천억 원의 피해가 발생하자 사람들은 모두 목을 빼고 안철수연구소만 바라보는 형국이 되었다. 이 사건이 전화위복이 되면서 안철수연구소는 처음으로 흑자 기업으로 도약한다.

유혹이 없었던 것은 아니다. 손해를 보면서 회사를 운영하던 시절 미국의 거대 프로그램 회사에서 1,000만 달러에 자신의 회사를 인수하겠다고 나선 것이다. 그동안의 고생을 일시에 보상받을 수 있는 파격적인 조건이었지만 안철수는 단호히 거절했다. 미국 회사의 의도가 공익에 도움이 안 될 것처럼 보였기 때문이다. 회사를 팔면 당장 자신은 편해지겠지만 우리나라 사람들은 어쩔 수 없이 비싼 백신 프로그램을 사용하게 될 것이다. 또한 그동안 동고동락했던 직원들은 정리 해고 당할 게 뻔했다. 그는 그 파격적인 제안을 거절하고 자신의 이익이 아닌 모두의 이익을 선택했다.

안철수연구소는 국내 벤처 기업 소프트 회사로는 두 번째로 연매출 100억 원을 기록했으며, 최초로 세후 순이익 100억 원의 기업으로 성장한다. 이처럼 회사가 성장하자 그는 돌연 유학길에 나선다. 회사는 그동안 고생했던 동료들과 후배들에게 주식 배분으로 전부 물려주었다. 그렇게 새로운 도전을 향해 떠난 후 다시 돌아와 카이스트 석좌 교수가 된다. 공대생들에게 경영을 알려주어 창업자가 많아졌으면 좋겠다는 생각에서다.

## 🕊 가장 큰 선물은 자신에게 도전하는 것

그는 최근 다시 새로운 도전을 시작한다. 카이스트 석좌 교수에서 물러나 서울대 융합과학기술대학원장으로 새 출발을 한 것이다. 새로운 기술들을 서로 합쳐 더 좋은 기술로 발전시키는 것이 그의 또 다른 변화 목표라고 밝힌다.

그는 사람들에게 도전의 중요성을 강조하면서 이렇게 말한다.

"실리콘 밸리는 실패의 요람이다. 100개의 벤처 기업 중 1개만 살고 다 죽는다. 그런데 우리나라와 차이가 있다면, 도덕적 문제가 없고 최선을 다한 것이 인정되면 실패한 기업에게도 계속 기회를 준다는 것이다. 그러면 99번 실패하더라도 100번째에 1,000배의 성공을 하게 된다. 성공을 하면 실패에 따른 비용을 전부 갚고도 남는다. 우리나라도 실패를 위한 도전까지 적극 권장해야 한다."

그리고 효율성에 대해서도 이렇게 말한다.

"효율성이라는 면에서 보면 나는 우리나라에서 가장 비효율적인 사람일 것이다. 의사가 되기 위해 공부했던 것은 프로그래머가 되면서 전혀 필요가 없는 지식이었기 때문이다. 프로그래머에서 다시 기업가가 되면서 프로그래머의 지식은 또다시 필요 없어졌다. 그렇게 나는 도전하면서 이전에 배웠던 것들을 송두리째 버리는 것을 반복했다. 그러니 효율적이지 못한 것이다. 효율적인 인생이 성공이라고 하면 나는 실패한 인생이라고 봐야 한다. 그런데 인생에 있어 효율성이 다가 아니다."

그는 '자기 자신에게 줄 수 있는 가장 큰 선물은 자기에게 기회를 주는 것'이라고 말한다. 보통 사람들이 보기에는 미친 짓을 하는 사람이지만, 그가 사회에 던지는 도전 의식은 지금도 많은 사람들에게 전해지고 있다.

변화에 미쳐있던 사람, 그리고 실패를 통해 배우고 성취하는 것에 미쳐있던 사람. 최근 실용주의를 강조하는 문화에서 그의 행동은 하나의 아이콘을 넘어 위대해 보이기까지 하다.

# 초등학교도
# 나오지 못한 명장

'목숨을 걸어도 사람은 쉽게 죽지 않는다.' 이 말은 명장 김규환의 지론이며 좌우명이다. 그가 초정밀 가공 분야 명장이 되기까지 그는 목숨을 걸듯이 일을 했다. 일을 하는 것이 행복 그 자체였기 때문이다.

　그는 학교를 전혀 다녀보지 못했다. 게다가 15살에 소년 가장이 되었다. 지식도 기술도 없었기 때문에 그가 할 수 있는 일은 허드렛일에 불과했다. 처음 일을 시작한 곳은 대우중공업이다. 이력서를 제출하기 위해 대우에 들어가려는데 정문에서 경비원이 막아섰다. 입사 자격이 고졸 이상 군필자였기 때문이다. 그는 꼭 일을 해야 했기에 경비원과 실랑이를 하고 있었다. 그 순간, 이 모습을 우연히 본 당시 대우중공업 사장이 면접을 허락했다. 그러나 면접에서 떨어졌다. 학력의 벽에 막혔기 때문이다. 하는 수 없이 사환으로 입사하게 되었다.

## ◆ '야', '김 군', '김 씨'

사환으로 입사한 후 그는 매일 새벽 5시면 출근을 했다. 하루는 사장이 왜 그렇게 일찍 출근하는지 물었다. 그는 선배들이 일을 편하게 할 수 있도록 먼저 나와 기계를 워밍업하기 위해서라고 답했다. 그 다음 날 그는 정식 기능공이 되었다. 정식 기능공이 된 이후에도 계속 5시에 출근했다. 다시 한 번 이른 새벽 사장과 마주쳤고 정식 기능공이 되기 전날과 똑같은 질문을 받았다. 그도 비슷한 답변을 했다. 그랬더니 이번에는 반장으로 승진되었다.

그가 일을 배운 것은 참으로 미쳐있었기 때문에 가능했을 것이다. 하루는 선배가 모든 기계를 세제로 닦아놓으라고 시켰다. 그래서 회사의 모든 기계를 다 뜯어서 닦기 시작했다. 자그마치 2,612개의 기계를 뜯고 조립했다.

6개월 동안 기계를 만지니 호칭이 달라졌다. 처음에는 사람들이 자신의 이름을 부르지도 않았다. 아니 이름을 알 필요도, 부를 필요도 없었다. 그는 그저 허드렛일을 하는 사환이었고 '야!', '어이!', '거기!' 등으로 불릴 뿐이었다. 그러나 기계를 뜯고 조립하면서 그의 호칭은 '김 군'으로 변했다. 실력이 조금씩 늘어가니 사람들이 함부로 대하지 못했다. 호칭도 '김 군'에서 '김 씨'로 바뀌어갔다. 그는 그런 작은 것에서도 큰 행복을 느꼈다.

그러던 어느 날 처음 본 기계를 다른 기계처럼 뜯고 물과 기름으로 깨끗이 닦았다. 그 기계는 컴퓨터였다. 대형 사고를 친 것이다. 그날 이후 그는 책을 보기 시작했다. 지식을 얻어야겠다고 처음으로 생각한 것이다.


## 🦋 새대가리, 최고가 되다


그는 결코 똑똑하지 않다. 특별한 재능이 있는 것도 아니다. 그저 묵묵히 더욱 앞으로 나아가기 위해 노력한 것뿐이다. 국가기술자격 학과에서 9번을 떨어졌으며 1급 국가기술자격 시험에 6번 낙방했다. 2종 보통 운전면허 시험에 5번 떨어지고 창피해서 1종으로 전환해 5번 만에 합격했다.

"사람들이 저를 새대가리라고 비웃기도 했지요. 그러나 지금 우리나라에서 1급 자격증 최다 보유자는 바로 접니다."

새대가리였던 그가 어떻게 정밀 기계 분야에서 세계 최고가 되었을까? 그것은 '목숨 걸고 노력하면 안 되는 것 없다'는 그의 신조 때문에 가능했다.

"온도가 1℃ 변할 때 쇠가 얼마나 변하는지 아는 사람은 저 하나밖에 없습니다. 일을 더 잘하기 위해 온도에 따른 금속의 변화를 알아보려고 했었죠. 국내에서 찾아볼 수 있는 모든 자료를 뒤져봤지만 아무런 정보도 없었습니다. 그래서 공장 바닥에 모포를 깔고 자면서 2년 6개월간 연구했습니다. 재질, 모형, 종류, 기종별로 X-bar 값을 구해 1℃ 변할 때 얼마나 변하는지 온도 및 가공 조건표를 만들었습니다. 기술 공유를 위해 제가 연구한 자료를 산업인력관리공단의 〈기술시대〉라는 책에 기고했습니다. 그러나 실리지 않더군요. 잊고 있었는데 3명의 공무원이 찾아왔습니다. 처음에는 회사에 큰일이 난 줄 알고 난리였습니다. 그런데 알고 보니 제가 제출한 자료가 기계 가공의 대혁명 자료인 걸 알고 논문집에 실을 경우 일본으로 누출될까 봐 노동부 장관이 직접 모셔오라고 했다는군요."

그는 이렇게 말한다.

"승진을 하는 것이나 돈을 버는 것, 모두 자기 노력에 달려있습니다. 남들 잘되는 것에 배 아파하지 말고 노력하시기 바랍니다. 남모르게 노력하고, 하루 종일 쳐다보고 생각하고 또 생각하면 답이 나옵니다. 그리고 지금 하고 있는 일에 최선을 다하는 사람만이 성공과 행복을 얻을 수 있습니다. 지금 하고 있는 일이 인생이고 행복입니다. 행복한 인생을 위해 최선을 다하시기 바랍니다."

꿈에 미친 사람, 목숨 걸고 노력하겠다는 집념에 미친 사람, 김명환 명장은 비록 학력과 학벌은 없지만 명문대 박사들보다 못할 것 하나 없는 사람이다. 지금은 대학에서 강의를 하며 후배를 양성하는 그의 끼와 깡은 한국 사람들의 정신을 대변하는 것 같아 그를 생각할 때마다 내 가슴은 다시 한 번 뭉클해진다.

# 전 재산 40억 원을 털어 넣은
# 국악 신봉자

보통 사람은 잘 모르는 사진의 세계가 있다. 인물 사진 한 장에 1,000만 원 이상 하는 초고가 사진의 세계다. 재벌급들만 상대하고 홍보도 필요 없다. 그야말로 아는 사람들끼리만 연락해 촬영하는 사진의 명품 시장이다.

사진작가 김영일 씨는 이 비밀스런 초상 사진 분야에서 가장 잘나가는 사람이다. 전직 대통령이며 수많은 재벌 회장들이 그에게 자신의 얼굴을 맡겼다. 증명사진은 1,000만 원, 가족사진은 3,000만 원 이상 받아야 사진을 찍는다. 물론 일반적인 사진과는 다르다. 보통 신형 자동차 광고 사진을 찍는 데 광원용 전력으로 3

만에서 6만 와트 정도를 쓴다. 그런데 그는 인물 사진에 4만 와트를 사용한다. 사진 한 장을 찍기 위해 장비만 한 트럭이고, 발전 장비를 실은 차가 따라붙는다. 그가 이런 엄청난 장비를 들고 나타나면 다들 영화 촬영을 한다고 생각할 정도다. 그러나 프로의 세계에서 말해주는 것은 결국 실력이다. 결과로 승부하는 것이다. 즉, 엄청난 실력에 이런 장비들이 더해져야 한다.

그는 콧대도 높다. 고객이 자신을 선택하는 것이 아니라 자신이 고객을 선택한다. 연예인이나 정치인 등은 상대하지 않는다. 사진은 진실을 담는 것이라고 생각하는데 정치인들은 사진에 진실만을 담으려고 하지 않기 때문이다. 그리고 연예인들은 자신과 잘 맞지 않는 부분이 있기 때문에 고객에서 제외했다. 물론 가격 흥정을 하려는 사람도 거절한다. 가격은 자신이 정하는 것이라고 생각하기 때문이다. 그런데도 그에게 사진을 부탁하는 사람이 넘쳐난다. 그만큼 그는 그의 세계에서 최고가 되기 위해 미쳐있었던 사람이고, 최고의 실력을 보유한 사람이다.

바둑 황제 조훈현은 달랑 왼쪽 눈만 찍었다. 그의 매서운 이미지를 가장 잘 보여줬기 때문이란다. 씨름 선수 강호동은 배꼽만 찍었다. 가장 역동적인 모습이었기 때문이다. 이처럼 그는 다른 사진작가와는 다르게 사진을 찍었다. 그러나 그 사진들은 그야말로 최고였다.

## 🦋 처음 자신을 압도한 것, 국악

그런 그가 국악에 미친 것은 난생 처음으로 압도당해봤기 때문이다. 사실 그는 운전을 하다가 라디오에서 국악이 나오면 채널을 바꾸거나 꺼버리던 사람이었다. 그러던 중 1996년 한 잡지사에서 젊은 음악가의 사진 시리즈를 의뢰받아 채수정이라는 젊은 국악인을 만나게 되었다.

국악인의 가장 자연스러운 모습은 당연히 국악을 하는 모습이다. 그녀가 소리를 하면 자신이 사진을 찍겠다고 했다. 그런데 그녀가 〈편사춘〉이라는 단가를 전부 부를 때까지 그는 셔터를 누르지 못했다. 그 어떤 사람 앞에서도 떨지 않았는데 젊은 소리꾼의 목구성에 완전히 얼어버린 것이다. 이렇게 한 방에 자신을 때려눕힌 게 어떤 것인지 궁금해서 국악을 좇기 시작했다.

김영일 씨는 채수정 씨를 따라 소리꾼들 모임을 찾았다. 전국 각지의 소리하는 사람들이 지리산 근처에 모여 밤을 새워가며 소리를 즐기는 모임이었다. 거기서 그는 두 번째 충격을 받았다.

국악은 서양 음악처럼 좋아서 하는 것이 아니었다. 소리꾼은 북을 이기려고 하고, 북은 소리를 이기려고 애를 쓴다. 음악에 승부를 거는 것이다. 이처럼 매번 소리를 할 때마다 전력을 다하니 듣는 이는 전율할 수밖에 없었다. 그는 이렇게 아름다운 소리를 기록해야겠다며 녹음기를 사러 갔다. 최상의 음질을 기록하기 위해 아낌없이 돈을 쏟아부었다. 수소문을 해서 가장 좋은 것을 샀는데 우리나라에 세 대밖에 없는 것으로, 가격은 1억 원 정도였다.

그 이후 소리를 찾아다니며 녹음했다. 다들 미쳤다고 손가락질했지만 신경도 쓰지 않았다. 8년 동안 300개 이상의 녹음 원본을 만들었고, 레코드사를 찾았다. 그저 음반만 내주었으면 좋겠다고 생각한 것이다. 그러나 레코드사는 이윤이 남지 않는다며 거절했다. 할 수 없이 그는 직접 회사를 차렸다. 손해가 불 보듯 뻔했지만 자신이 사진으로 버는 돈으로 메우겠다고 결심했다.

"사진은 제 젊은 시절을 행복으로 꽉 채웠습니다. 사진을 찍는 것이 좋았고 최고가 되는 것이 황홀했습니다. 그런데 제 삶의 모든 것을 바꾸어 더욱 행복한 곳으로 이끌어준 것은 국악입니다. 평생 미칠 수 있는 대상을 찾아서 너무나 행복합니다."

사진으로 그렇게 많은 돈을 벌었지만, 지금은 집 한 채 없다. 그저 가족들 밥만 굶기지 않을 뿐이다. 그러나 그는 사진을 찍을 때보다 지금 훨씬 더 행복한 삶을 산다. 확실하게 자신의 인생을 쏟아부을 대상이 있어 더욱 행복한 것이다.

# 자신에게 도전하는 피아니스트

윤효간은 말한다. 자기처럼 피아노를 치고 음악을 하는 사람은 이 세상에 자기 자신 하나뿐이라고.

우연한 기회에 그를 만났고 어딘지 모르게 인간적인 느낌을 받았다. 그래서 친밀감을 나눴고 몇 번 더 만난 후 그의 공연 〈피아노와 이빨〉을 볼 수 있었다. 그 공연은 흔히 말하는 피아노 공연과는 너무나 달랐다. 평범한 피아노 연주가 아니라 철학이 담긴 연주였고, 그만의 독특한 기법을 구사하며 즐기는 모습은 아름다움을 넘어 위대함까지 느껴지게 하는 공연이었다.

그는 부산에서 태어났으며 7살 때부터 피아노를 배웠다. 그런데 서울의 피아노 콩쿠르에 참가해 큰 충격을 받았다. 20명의 학생들이 모여 피아노 실력을 뽐냈는데 피아노 소리와 레퍼토리가 마치 한 사람이 연주하는 것처럼 똑같았다. 피아노를 치는 자세도 같았다. 대회를 마치고 돌아온 후부터 '왜 모두 똑같이 연주해야만 하는가?', '다르게 연주하면 안 되는가?' 하고 곰곰이 생각했다.

피아노 선생님에게 "크게 치라는 데에서 작게 치고 작게 치라는 데서 크게 치면 어떤 일이 일어납니까?"하고 물었다. 선생님의 대답은 쓸데없는 생각하지 말고 가르치는 대로 따라 하라는 면박이었다. 그래서 혼자 연습을 시작했다. 작게 쳐야 하는 데서 크게 치고, 크게 쳐야 하는 데서 작게 치는 것은 물론 거꾸로도 쳐보고 악보보다 한 옥타브 아래, 한 옥타브 위를 쳐보기도 했다. 어떻게 치든 역시 소리는 났다. 그 후 그는 다르게 연주하기 시작했다. 그리고 그것은 현명한 판단이었다. 그는 이렇게 말한다.

"2등은 아무도 기억하지 않아요. 국보 2호가 무엇인지 아세요? 보물 2호는 무엇인가요? 피아노 연주하는 사람은 2만 명이 넘어요. 그 2만 명 중에 최고가 되는 사람만 기억합니다. 때문에 달라져야 하는 거죠. 멀리 넓게 보고 다른 사람과 비교하지 말고 자신만의 길을 가세요. 안 보이고 안 들리는 것에 위대한 가치를 부여하고 아주 거칠게 도전하시기 바랍니다."

〈피아노와 이빨〉은 대중음악 편곡자이자 피아니스트인 그의 콘서트다. 그는 이 콘서트에 가끔 국내외 유명 인사들을 초청한다. 아름다운 사람들과 공연을 나누며 관객들에게 삶의 소중한 메시지를 전하는 게 그 콘서트의 또 다른 목적이기 때문이란다.

나도 그의 콘서트에 초청받은 적이 있다. 음악과는 거리가 먼 나였지만 그의 공연은 내 눈에서도 눈물이 쏟아지게 만들었다. 나뿐만 아니라 모든 청중들이 눈시울을 적셨다. 최고 수준에 있는 사람이 더욱 좋은 모습을 보여주기 위해 노력하는 데 감동했기 때문이리라.

그는 가끔 소외된 사람들을 위해 공연을 하러 떠난다. 2010년에는 2톤 트럭에 피아노를 싣고 중국 실크 로드를 따라 오지를 다니면서 피아노를 한 번도 보지 못한 중국의 가난한 학생들에게 그의 피아노 선율을 선물했다. 그리고 군부대를 위해서도 공연한다. 가난한 단체에서 그를 불러도 시간만 되면 언제든 어디든 달려간다.

반대로 큰 기업체에서 그를 모시려면 몇 천만 원 이상의 비용을 지불해야 한다. 그는 우리나라에서 가장 비싼 피아노 연주가 중 한 명이다. 그가 이처럼 할 수 있는 것은 꿈속에서 행복을 노래하기 때문이다. 그리고 그런 자신만의 꿈이 아직 완성되지 않았기 때문이다. 그 꿈이 영원이 깨지지 않기를 바란다.

# 거액의 스카우트 제안을 거절한 사람

지금 받고 있는 월급의 몇 배를 더 준다는 제안을 단칼에 거절한 회사원이 있다. 그 사람은 바로 기업은행 도곡팰리스 지점의 허은영 전 지점장이다.

그녀는 돈을 보고 일하지 않는다. 돈보다 일에 미쳐 아침 6시부터 집을 나와 저녁 늦게까지 지칠 줄 모르고 뛰어다닌다. 그러니 전국 경영 평가 1등을 놓치지 않는 것은 당연하다. 그녀의 모습을 지켜보면 그야말로 일에 미친 사람이다. 그녀의 활동 범위와 사람에게 접근하는 방식이 예상을 뛰어넘기 때문이다.

## ✤ Give and No Take

그녀는 연세대를 졸업한 후 1985년에 기업은행에 취직했다. 그때만 해도 여성 취업률이 높지도 않았으며 보수적이었던 은행은 결혼하면 여성은 당연히 퇴직한다고 생각했다. 그녀는 늘 '최초'라는 수식어를 달고 다녔다. 여성 최초 국제부 과장, 여성 최초 종합기획팀장, 여성 최초 KAIST MBA 과정 파견 등 수없이 많다. 때문에 그녀는 단지 허은영이라는 회사원이 아니라 은행에서 여성을 대표하는 사람으로 불리기도 했다.

그녀는 보통 한 달에 명함을 1,000장 정도 사용한다고 한다. 그래서인지 조찬 강연에 가면 어디를 가도 그녀를 볼 수 있다. 조찬 강연에서도 그냥 앉아서 강의만 듣는 타입이 아니다. 남보다 일찍 와서 돌아다니며 명함을 주고 친절하게 웃으며 자신을 소개한다. 그리고 그렇게 얼굴을 익힌 사람들에게 며칠 내로 전화한다. '전에 조찬 강의에서 만난 기업은행 허은영입니다. 만나 뵙게 돼서 영광이었습니다. 며칠 후 멋진 분들과 함께 점심을 할 예정인데 시간이 허락하신다면 함께 해주셨으면 합니다'라고 하는 식이다.

그렇게 서로 필요하다고 생각하는 사람들끼리 만나 연을 맺는다. 아울러 이런 모임에는 같은 직종의 사람은 한 사람 이상 동석하지 않게 배려하는 것이 그녀의 원칙이다. 경쟁보다는 협력을 해야 하기 때문이다. 또한 이렇게 만나는 사람의 수도 서로의 상황에 따라 배려한다. 적게는 두 명에서 많게는 열 명을 넘지 않는다. 그래야 서로 교감을 나눌 수 있기 때문이다. 허은영 지점장이 초청하면 아주 특별한 경우를 제외하고 거절하는 사람이 없다.

그렇게 바쁘게 쫓아다니면 은행 본연의 일은 언제 어떻게 하느냐고 물어보니 그냥 웃는다. 그러면서 이렇게 대답한다.

"다른 사람을 위해 일을 하면 최고의 수혜자는 제가 됩니다. 주위에 나를 위해 무엇을 해줄까 연구하는 분들이 늘어나기 때문이지요. 그게 은행 영업에 기대 이상의 엄청난 도움이 됩니다. 덕분에 오늘의 제가 있는 것 같습니다. 우선 제가 가진 모든 것을 드리려고 노력하면 그분들은 제게 더 많은 것을 줍니다. 주고받는 것은 시간문제입니다."

나는 그녀를 보고 많은 것을 배운다. 그녀는 주고받는 'Give and Take'를 뛰어넘어 'Give and No Take'를 실천하고 있기 때문이다. 주고받는 것을 별로 생각하지 않는다. 받으려고 주면 그 마음이 전해져 자칫 오해를 불러올 수 있기 때문이다. 아울러 가장 먼저 주어야 하는 것은 마음인데, 마음을 먼저 주지 않으면 상대방도 역시 마음의 문을 열지 않기 때문이라고 한다.

보통 사람들은 받은 후에 주려고 한다. 아니, 받은 다음 주려고 하지 않는 사람이 많다. 그러나 그녀는 대가를 바라고 일하지 않는다. 그런 그녀의 철칙이 지금의 그녀를 만들었다고 생각한다.

지성이면 감천이라 그녀의 열정이 알려져 얼마 전 기은 본사에서 전국의 VIP 고객을 총괄하는 PB 고객부 부장으로 발령받아 전국의 VIP 고객을 모시고 있다. 조만간 한국 최초의 여성 은행장이 나오지 않을까 상상해보기도 한다. 자기가 맡은 일에 최선을 다하고, 주변 사람들에게 더 좋은 것들을 주기 위해 미친 듯이 뛰고 있는 허은영 부장. 그녀의 앞날에 무한한 영광이 있기를 바란다.

# 록펠러와 빌 게이츠의
# 거짓말 같은 실화

19세기 말 세계 최초의 억만장자이자 역사상 가장 많은 부를 획득한 사람은 석유왕 록펠러John Davison Rockefeller다. 그는 미국에서 생산되는 석유의 약 90퍼센트를 정유하고 판매했다. 서아시아에서 석유가 발굴되지 않던 시기라는 점을 감안하면, 전 세계 연료 시장을 장악하다시피 한 어마어마한 규모의 거대 기업을 소유한 것이다.

그의 회사인 스탠더스 오일이 단단한 독점 체제를 유지하는 동안 가격은 떨어졌으나 품질은 더욱 좋아졌다. 등유 가격은 80퍼센트 이상 내려가고 품질 혁신은 물론 현대 기업의 모델이 될 정도로 산업 역시 비약적인 발전을 이루었다. 한마디로 세계 경제는 그의 결정에 따라 움직였다고 해도 과언이 아니다.

그런데 그는 이와 같은 성공을 거두기 위해 갖가지 부도덕한 전략을 실행했다. 경쟁자들을 고사시키는 약탈적인 가격 경쟁은 물론, 산업 스파이를 이용해 불법적으로 정보를 수집했고, 정치인들과 공무원들에게도 뇌물을 쏟아붓는 등 상상할 수 있는 모든 방법을 총동원해 그토록 거대한 부를 이룬 것이다. 때문에 석유왕 록펠러는 냉정한 자본가이자 지독한 스크루지 영감이라고 불리기도 한다.

그러나 그의 또 다른 이름은 바로 '기부왕'이다. 록펠러는 50대에 불치병에 걸려 병상에 누워있는 신세가 된다. 막강한 영향력을 행사했던 인물이었기에 가족은 물론 친지와 비즈니스 동반자 등 수많은 사람이 경쟁이라도 하듯 병원을 들락거렸다. 그러나 그에게는 전혀 위안이 되지 않았고 오히려 자신이 죽는지 아닌지를 점쳐보기 위해 방문하는 것만 같았다.

그런 생각에까지 이르자 '죽음에 재산이 왜 필요한가'를 진지하게 고민하게 되었고, '록펠러 재단'을 만들어 역사상 가장 많은 돈을 기부한다. 기부를 결정하고 제2의 인생을 살기 시작하자 건강이 회복되었다. 그는 죽는 순간까지 자신의 재산을 더 좋은 곳에 쓸 수 있도록 조율할 수 있었다.

젊은 시절 록펠러는 냉혈 자본가였지만 노년의 록펠러는 인자한 산타클로스로 변신한 것이다. 다시 말해 젊은 시절에는 자신을 위해 돈을 버는 것에 미쳐있었지만, 노년에는 타인에게 베푸는 것에 미쳐있었다. 그는 자본주의를 최대한 활용해 가장 많은 부를 쌓고 그 부를 가장 많이 분배한 입지전적인 사람이 되었다. 그리고 그 누구보다 인생을 즐기며 102세까지 행복한 삶을 살다 갔다.


## 🦋 세계 제일의 부자에서 내려오다

얼마 전까지만 해도 세계 제일의 부자는 마이크로소프트 사社의 빌 게이츠였다. 현재도 세계에서 두 번째로 자산이 많은 사람으로 기록되고 있다. 그의 자산은 560억 달러로, 우리나라 돈으로 계산하면 약 60조 원에 이른다. 그런 그가 세계 제일의 부자에서 물러난 이유는 바로 기부 때문이다.

그는 지난 2009년 300억 달러를 자신의 봉사 재단에 기부했다. 단순히 기부만으로 끝내지도 않았다. 2008년 6월에는 공식적으로 마이크로소프트에서 퇴임하고 자신이 세운 봉사 재단에서 풀타임 근무를 시작했다.

처음 그가 재단을 설립하고 좋은 일에 발 벗고 나서겠다고 발표했을 때만 해도 시선이 곱지 않았다. 젊은 시절 빌 게이츠는 젊은 시절의 록펠러처럼, 컴퓨터 OS를 독점해서 부를 쌓았기 때문이다. 따라서 훌륭한 개발자 대신 냉정한 사업가의 이미지가 강했으며, 봉사 재단은 그 이미지를 바꾸기 위한 하나의 생색이 아닐까 하는 의심이 많았다. 그러나 현재 그는 세계에서 가장 훌륭한 자선가 중 한 명이 분명하다.

그는 아프리카 등 경제의 혜택을 받지 못하는 가난한 사람들을 과학으로 구할 수 있다고 생각했다. 그것을 '인류 보건을 위한 대도전Grand Challenge in Global Health' 이라고 명명했다. 먹을 것조차 제대로 공급받을 수 없는 비위생적인 환경에 약간의 자본과 훌륭한 기술을 접목하면 보다 좋은 환경으로 개선할 수 있으며, 그렇게 한다면 문명의 혜택을 받지 못하는 사람들에게도 희망의 빛이 보일 것이라 생각했다.

그가 지금까지 이뤄낸 업적 또한 대단하다. 병을 치료하고 예방하기 위한 백신을 개발하고 있으며, 특히 냉장고가 없는 환경에서도 백신이 효과를 발휘하도록 '건조 백신' 개발에 많은 자금을 지원하고 있다. 모기로 인한 각종 전염병을 막는 연구에 500만 달러를 지원해서 효과적인 장치들을 개발했다. 영양가가 높은 바나나를 만드는 연구에도 참여하고 있다. 가난한 나라의 사람들이 보다 윤택하게 삶을 이어갈 수 있도록 노력하는 것이다.

그는 봉사를 시작한 이유에 대해 이렇게 말한다.

"세상은 나에게 많은 것을 주었다. 그것에 대해 감사한다. 또한 많은 것을 가지고 있는 만큼 그것을 사용하는 것에 대한 책임감도 크다."

이 말은 노블레스 오블리주의 전형을 보여주는 것이다. 그의 행보를 본 미국 내 세계적 부자 57명이 자신의 자산에서 절반 이상을 기부하기로 했다. 그중에서 가장 유명한 사람은 바로 최연소 억만장자인 페이스북 창업자 마크 주커버그다. 이제 26살인 약관의 나이지만 삶의 태도는 그 누구보다 뛰어나다.

이제 봉사 재단의 리더가 된 빌 게이츠는 행복에 대해 이렇게 말한다.

"가장 중요한 것은 가족, 친구 그리고 사회봉사, 이 세 가지다. 이것이 없다면 아무리 많은 돈을 가져도 행복하지 않을 것이다."

그는 이미 자기 자산의 80퍼센트를 기부하기로 했으며, 앞으로도 더욱 많은 선행을 베풀 것이다. 그리고 다른 사람들에게 경쟁에서 이기는 법 대신 전 인류가 공존하는 방법에 대해 말할 것이다.

# 🦋 노블레스 오블리주를 실천하는 사람들

사람들은 모두 성공을 원한다. 성공해서 많은 부를 축적하기를 원한다. 그렇게 하면 좀 더 편안한 삶을 살 수 있을 것이라고 생각한다. 그러나 성공을 하는 방법에 대해서는 그다지 많은 생각을 하지 않는 듯하다.

부를 쌓는다는 것은 '타인의 지갑에 있는 자산이 그들의 자발적 의사로 나의 지갑으로 들어와 쌓인다'는 뜻이다. 다시 말해 사람들이 기쁜 마음으로 나에게 지불하도록 만들어야 부자가 될 수 있다. 그래서 성공을 다른 말로 '공헌'이라고 표현할 수 있다. 세상에 대해 많은 공헌을 해야 많은 부를 쌓을 수 있는 것이다. 록펠러는 더 질 좋은 석유를 더 싼 값에 사용할 수 있도록 사회에 공헌했다. 게이츠는 컴퓨터를 편하게 사용할 수 있도록 공헌했다. 이런 공헌 덕분에 성공할 수 있었다. 그리고 삶을 마감하기 전에 봉사라는 또 다른 공헌을 하고 있는 것이다.

이들에게서 인생에 대해 참 많은 것을 배운다. 록펠러나 게이츠, 이들은 모두 행복할 것이다. 미칠 수 있는 목표가 있었으며, 그 목표를 수정하며 계속 완성해나가기 때문이다.

# 위대한 사람들은
# 모두 미쳤다

이 세상에 위대한 업적을 남긴 사람들 중 미치지 않은 사람은 한 명도 없다. 모두 미쳐있었기 때문에 위대한 성과를 낼 수 있었던 것이다.

파브르는 곤충에 미친 사람이었고, 포드는 자동차에 미쳐있었다. 에디슨은 발명에 미쳤고 라이트 형제는 비행기에 미쳤다. 안과 의사인 공병우 박사는 한글 쓰기 기계화에 미쳐있었으며, 의학 박사 안철수는 엉뚱하게 컴퓨터 바이러스 백신 개발에 미친 사람이었다. 지금 당신은 무엇에 미쳐있는가? 미쳐있으면 그것은 반드시 실현된다.

내 일에 애정을 쏟지 않으면 그것은 내 일이 아니라, 남의 일을 대신 해주는 것에 불과하다. 무슨 일이든 그 일에 흠뻑 빠져야 한다. 지금 하는 일을 좋아하고 사랑하려면 잠자는 시간까지도 그 생각에 빠져있어야 한다.

잠시 청년 시절을 생각해본다. 아름다운 아내를 처음 만난 이후 내 머릿속은 온통 그녀 생각뿐이었다. 어떻게 하면 조금 더 웃게 해줄 수 있을까? 어떻게 하면 조금 더 행복하게 해줄 수 있을까? 하루 종일 사랑하는 아내 생각이 머릿속을 떠나지 않았다. 이처럼 아내 생각에 다른 일은 도저히 하지 못할 지경이 되자 결혼만이 해결책이었다.

누군가를 사랑하면 이처럼 꿈에서도 만나고 싶어 미칠 것 같은 시간을 보낼 것이다. 오죽하면 상사병이라는 단어까지 생겼을까.

## 🦋 사랑을 주어야 사랑받을 수 있다

일도 상사병에 걸릴 정도로 사랑할 수 있다. 지금 하고 있는 일에 애인을 사랑하듯이 흠뻑 빠져보라. 처음에는 어색하고 서툴겠지만 얼마 지나지 않아 재미있어진다. 그러면 출퇴근 시간마저 아깝게

느껴지며, 아침이 조금이라도 빨리 오기를 기다릴 것이다. 이제 직장은 일을 하는 곳이 아니라 놀기 위해, 행복을 얻기 위해 나가는 곳으로 바뀐다.

대기업 부회장에서 내려오고 얼마 지나지 않아 나는 웨이터가 되었다. 오래전부터 꼭 한 번 해보고 싶은 일이라고 생각했지만 처음에는 어색하고 힘들었다. 우선 하루 종일 서있는 것이 감당이 되지 않았다. 그러나 내가 먼저 일에 애정을 쏟으니 결국 일도 나에게 보상을 해주기 시작했다. 나에게 접대를 받으려는 손님이 늘었으며 나로 인해 레스토랑 전체의 매상도 증가했다.

레스토랑 밖에서도 항상 명함을 가지고 다니며 나와 레스토랑을 홍보했다. 누가 시켜서 한 것이 아니다. 그저 일이 재미있고, 사람들에게 봉사하는 것이 즐거웠기 때문이다. 결국 나는 가장 인기 있는 웨이터 중 한 명으로 성장할 수 있었다.

대기업 부회장까지 했던 내가 레스토랑에서 서빙을 한다고 그것을 부끄러워했다면, 아마 나는 행복하지 않았을 것이다. 아니 행복하기는커녕 얼굴을 들고 다니지도 못했을 것이다. 그리고 남은 인생을 낙오자로 살아야 했을지도 모른다. 그러나 나는 언제나 일을 사랑했다. 우선 사랑을 주어야 사랑을 받을 수 있다. 그리고 내가 먼저 행복해야 다른 사람에게 행복을 전할 수 있다. 그러면 사람들도 조금씩 행복을 나눠준다.

자기가 하고 싶은 일에 미쳐라. 하고 싶은 일이 떠오르지 않는다면, 지금 하고 있는 일에 미쳐야 한다. 나도 할 수 있다는 자신 감을 가지고 자기에게 미쳐버리자. 이 단순한 법칙을 실행한다면 평생 행복하게 살 수 있다. 돈은 행복을 느낄 때 따라오는 부수적 인 것에 불과하다. 우리는 행복을 느끼기 위해 살아가는 것이지 단순히 돈을 벌기 위해 살아가는 것이 아니다. 꿈을 꾸고, 그 꿈을 목표로 만들고, 그 목표를 달성하기 위해 미쳐버리자. 그러면 행복할 수 있다.

## 🦋 비행기가 이륙하려면

우리는 생각했던 것보다 훨씬 더 많은 것들을 이룰 수 있는 능력이 있다. 지금 누리고 있는 것보다 더 높은 수준의 행복과 건강, 그리고 경제적 풍요를 충분히 얻을 수 있다. 잠자고 있는 잠재력을 깨우기만 하면 된다. 잠재력을 깨우기 위해서는 가장 먼저 자신이 진정 원하는 것이 무엇인지 분명하게 해야 한다.

나 역시 아무것도 없는 원점으로 돌아왔을 때마다 하고 싶은 일이 무엇인지 명확하게 설정했다. 가장 최근엔 레스토랑 웨이터 중에서 최고가 되는 것을 목표로 설정했다. 마치 비행기가 이륙하기 전에 어떤 공항으로 갈 것인지 목적지를 정하는 것과 같다. 그리고 이륙할 때 최고 속도로 달리는 것처럼, 전속력으로 뛰기 시작했다. 새로운 목적지를 정하고 전속력으로 질주한 것, 단지 그뿐이다. 그렇게 하니 얼마 지나지 않아 비행기처럼 활주로에서 이륙할 수 있었다. 작은 레스토랑에서 나를 알아봐주는 사람이 생기고, 나의 팬이 생긴 것이다.

아무리 작은 일이라도 열정을 다해 시작하는 것이 중요하다. 사랑하는 사람을 얻기 위해서는 우선 나부터 그 사람을 진심으로 사랑해야 한다. 그리고 행복하기 위해서는 사력을 다해 미쳐야 한다. 비행기가 이륙하려면 먼저 전속력으로 달려야 한다. 그렇게 하면 창공으로 날아오를 수 있을 것이다.

미쳐야
청춘이다~

*Part 4*

# 더불어
# 행복해지는
# 길

# 사랑하라.
# 그러면 사랑받는다

사람들은 서로를 위해 살아간다. 누구도 혼자 살아갈 수 없다. 그리고 사랑을 받기 위한 유일한 방법은 먼저 사랑을 전하는 것이다. 사랑의 핵심은 베푸는 데 있다. 타인이 원하는 것을 주면, 그들은 나에게 내가 원하는 것을 줄 것이다. 또한 타인에게 더 많은 애정과 관심을 베풀면 다른 사람들보다 더 많은 애정과 관심을 받을 것이다.

　　우리는 모두 지금보다 더 나아질 수 있다. 더 많이 성취하고 더 많이 행복해질 수 있다. 회사에 가장 크게 기여하는 사람이 될 수 있으며, 가족에게 존경받는 가장이 될 수 있다. 주변에서 부러운 시선을 받는 그런 사람이 될 수 있다. 우선 행복의 목표를 정하자. 무엇을 하고 싶은가? 어떻게 해야 하는가? 얼마나 할 것인가? 그리고 한 번만이라도 미쳐보자. 이런 생각을 가지고 실천한다면 행복한 삶을 살 수 있을 것이다. 당신은 분명 가능성이 있다. 행복의 문을 여는 데 늦은 시간이란 없다.

## 🦋 사회의 부가 8 대 2인 이유

파레토의 법칙을 한 번쯤은 들어봤을 것이다. 이탈리아의 경제학자 빌프레도 파레토Vilfredo Pareto는 영국을 대상으로 부의 집중도를 조사했다. 그랬더니 상위 20퍼센트의 사람들이 부의 80퍼센트를 가지고 있다는 것을 발견할 수 있었다. 연구를 조금 더 진행한 결과 이런 8대 2의 원리가 사회 곳곳에 존재한다는 점을 발견했다. 전 인구의 20퍼센트가 80퍼센트의 부를 소유하고 있었다. 시선을 조금 더 좁혀도 마찬가지였다. 기업 매출의 80퍼센트는 20퍼센트의 고객으로부터 창출된다. 아울러 20퍼센트의 상품이 전체 매출의 80퍼센트를 차지한다. 전화 통화를 분석해도 20퍼센트 사람들과의 통화가 전체 통화의 80퍼센트를 차지했다. 이런 8대 2의 법칙을 '파레토의 법칙' 이라고 한다.

그렇다면 왜 파레토의 법칙이 존재하는 것일까? 특히 부의 80퍼센트는 왜 성공하는 사람들, 즉 20퍼센트의 사람들에게 집중되는 것일까?

구체적으로 조사해보지는 않았지만 아마도 이런 법칙 때문일 것이다. 우리는 많은 사람들에게 배려하며 살아간다. 열 명에게 배려하면 그 가운데 두 명은 보답을 하고 나머지 여덟 명은 자신이 받은 배려를 당연하게 여기거나 잊어버린다. 배려한 것의 절반도 돌려받지 못하기 때문에 많은 사람들은 타인을 배려할 필요가 없다고 생각한다. 그런데 성공의 법칙은 나의 배려에 보답하지 않은 여덟 명이 아닌 두 명에게서 비롯된다.

예를 들어 열 개의 옥구슬을 가지고 있다고 가정하자. 이 옥구슬은 모두가 원하는 그 무엇이다. 이 열 개의 옥구슬을 열 명에게 하나씩 나눠준다. 그러면 이 가운데 여덟 명은 받기만 하고 돌려줄 생각을 하지 않는다. 돌려준다고 해도 자신이 받은 것을 그대로 돌려줄 뿐이다. 간혹 좋지 않은 마음을 먹고 내게 더 많은 옥구슬을 가로채려고 하기도 한다. 그런데 나머지 두 명은 한 개의 옥구슬을 받고는 그 이상을 돌려주기 위해 노력한다. 어떤 이는 두 개 또는 세 개 이상의 옥구슬을 돌려주려고도 하고, 상황이 여의치 않으면 1.1개의 옥구슬이라도 돌려주어 고마움을 표시하려고 한다.

열 개의 옥구슬을 열 명에게 나눠주면 처음에는 손해를 보는 것 같은 기분이 들 수밖에 없다. 그러나 옥구슬을 계속 나누며 공유할 수 있는 사람은 파레토의 법칙대로 20퍼센트의 사람들이다. 결국 이들이 힘을 합치고 정보를 공유하고 마음을 나눈다. 따라서 20퍼센트의 사람들이 80퍼센트의 성공을 공유하는 것이다. 나머지 20퍼센트를 가지고 80퍼센트의 사람들끼리 더 많이 차지하려고 아우성이지만, 생각을 바꾸지 않는 이상 별로 좋아지지 않는다.

사랑받으려면 먼저 사랑해야 한다. 마찬가지로 성공하고 싶다면, 타인의 성공을 도와야 한다. 이것은 법칙이다. 씨앗을 뿌렸다고 모든 씨앗에서 싹이 나오지는 않는다. 그러나 싹을 틔우고 뿌리를 내린 씨앗 하나는 많은 과실을 안겨준다. 그것도 한 번만 안겨주는 것이 아니라 매년 더 맛있는 과실을 안겨주는 것이다. 사랑받으려면 사랑의 씨앗을 뿌려야 한다. 존경받으려면 타인을 존경해야 한다. 그리고 행복한 삶을 살고 싶다면 행복을 나눠주어야 한다. 그것들이 자라서 열매를 맺고 더 많은 것들로 돌아올 것이다.

# 우리에게도
# 정신적 지주는 많았다

우리에게도 정신적인 지주가 많았다. 이제 그분들을 볼 수 없지만 그분들이 남긴 정신은 우리들의 가슴속 밑바닥에 아직도 따스하게 남아있다. 종교의 벽을 넘어 우리 모두를 사랑하고 존경했던 김수환 추기경, 성철 스님, 한경직 목사님을 한번 살펴보자.

## 🦋 사랑하고 또 사랑하라

김수환 추기경은 한국 현대사에서 인권과 민주화의 등불을 밝히기 위해 노력하신 분이다. 언제나 더욱 낮은 곳에서 낮은 사람들과 고난을 함께했다. 그렇게 가난하고 약한 사람들의 편에서 정신적인 지주로 살다가 떠났다.

1969년 한국인 최초로 추기경에 선임되었고 그 후 천주교 주교회의 의장, 아시아 천주교 주교회의 구성 준비위원장, 15인 주교회 대표 등을 역임했다. 아울러 종교계의 지도자로서뿐만 아니라 통일원 고문, 국정 자문위원 등을 맡아 국민 화합과 민주화 실현에 앞장섰다. 1971년 성탄 자정 미사에서 박정희 정권의 장기 집권 의도를 비판하는 강론을 시작으로 1987년 6월 민주 항쟁까지 독재 정권에 맞서 이 땅의 민주화에도 기여한 바 있다.

2009년 2월 16일 "서로 사랑하고 또 사랑하고, 용서하세요"라는 마지막 메시지를 남기고 선종하셨다.

김 추기경은 1922년 5월 8일 김영석(요셉) 씨와 서중하(마르티나) 씨 사이의 5남 3녀 중 막내로 대구에서 태어났다. 대구 성유스티노 신학교, 서울 동성상업학교(소신학교)를 거쳐 1941년 일본 상지 대학으로 유학을 떠난다. 동성상업학교 시절엔 반일反日 내용의 일기를 들켜 곤욕을 치르기도 했으며, 이때 일생의 스승인 게페르트 신부를 만나기도 했다.

해방을 맞이하고 1947년 서울 혜화동 신학교에 복학하여 좌우 이념의 대립 속에서 신학 공부에 몰두하던 1950년엔 한국 전

| 김수환 추기경 초상화 |

'김수환 추기경 전시관'에 가면 생전에 쓰던 그의 안경 5점을 볼 수 있다. 그 안경들은 너무 오래 사용해 안경테가 군데군데 부러져있고 부식되어있다. 미사 때 포도주를 담는 잔인 '성작'과 그 받침인 '성반'은 광택이 사라지고 녹슨 부분마저 있다. 그토록 높은 위치에 있었지만 소유욕은 가장 아래였던 것이다.

쟁이 발발한다. 총급장, 지금으로 치면 학생회장이었던 김 추기경은 소신학생 네댓 명을 데리고 부산까지 피난에 나선다. 그리고 부산에서도 신학 공부를 게을리하지 않다가 1951년 사제 서품을 받는다. 당시 김 추기경의 사목 모토는 "하느님, 저는 죄인이오니 이 죄인을 불쌍히 여기소서"였다.

그는 우리 시대의 양심이었으며 빛과 소금이었다. 살벌하던 독재 시기에 그가 목숨 바쳐 외친 민주화의 목소리는 우리 온 국민들에게 생명수 같았다. 한편에서는 종교인이 사회에 너무 관여하는 것이 아니냐는 비판도 있었지만 종교인이 양심의 소리를 내지 않는다면 어찌 종교인이라고 할 수 있겠느냐며 반문하기도 했다. 이런 일들로 김수환 추기경은 한국 교인들에게 종교인의 꽃으로 남았다.

특히 종교를 뛰어넘어 시대의 아픔을 어루만진 큰 뜻은 은퇴 후 삶에서 엿볼 수 있다. 은퇴 후 추기경을 향한 관심은 물론 강연, 미사 집전, 인터뷰 요청 등이 밀려들었다. 머물던 종로구 혜화동 가톨릭대학교 주교관을 찾는 발걸음도 끊이지 않았다. 유일한 취미인 월 1회의 북한산행도 할 수 없을 정도로 많은 사람들이 그의 말씀을 듣기 위해 몰려든 것이다.

2002년에는 북방 선교에 투신할 사제를 양성하기 위한 '옹기장학회'를 공동 설립하는 등 북한 선교를 위해서도 노력했다. 이념의 뿌리를 넘어 우리 사회의 큰 어른으로서 희망의 메시지를 전하려 몸을 아끼지 않았다.

'너와 너희 모두를 위하여'라는 자신의 사목 표어처럼 '세상 속의 교회'를 지향하면서 현대사의 중요한 고비마다 종교인의 양심으로 바른길을 제시해온 김수환 추기경은 우리 시대의 진정한 정신적 지주다.

'김수환 추기경 전시관'에 가면 생전에 쓰던 그의 안경 5점을 볼 수 있다. 그 안경들은 너무 오래 사용해 안경테가 군데군데 부러져있고 부식되어있다. 미사 때 포도주를 담는 잔인 '성작'과 그 받침인 '성반'은 광택이 사라지고 녹슨 부분마저 있다. 그토록 높은 위치에 있었지만 소유욕은 가장 아래였던 것이다.


## 🕊 산은 산이요, 물은 물이로다

김수환 추기경과 비슷한 분이 또 한 분 계신다. 바로 성철 스님이다.

대한민국 선불교 전통을 대표하는 수행승인 성철 스님은, 경상남도 산청에서 태어나 1936년 해인사에서 동산 대종사에게 사미계를 받고 승려가 되었다. 1938년 운봉화상을 계사로 보살계·비구계를 받았고, 그 뒤 봉암사에서 청담 등과 함께 수행하며 부처님답게 살 것을 결사하는 등 새로운 선풍을 고양시켰다. 1967년 해인총림 초대 방장이 되었고, 1981년 대한불교 조계종 제7대 종정에 취임하였다.

불교에 입적한 이후 세속과의 인연을 끊으려고, 찾아온 아내와 딸(지금의 불필 스님)을 등지고 산으로 휘적휘적 올라가면서 쫓아오는 그들에게 돌을 굴려 보내기까지 했다는 이야기를 들어보면 애처롭기까지 한다.

8년간이나 눕지 않는 초인적인 자세로 극기를 수행했고 불교의 교의학을 거의 통달했으며, 현대 문학은 물론 서양 철학, 심리학, 종교학, 물리학 등도 익혔다. 게다가 독일어, 불어, 중국어, 일본어까지 능숙하게 할 수 있는 실력자다. 그런데도 그는 임종 직전에 "한평생 남녀 무리들에게 진리가 아닌 것을 진리라고 가르친 죄가 너무 커서 지옥에 떨어진다"고 말했다. 이 말은 그의 업적을 바라보기도 힘든 껍데기만 종교인인 자들은 흉내도 낼 수 없는 말이 아닐까 생각한다.

평생 진리란 무엇인가? 어떻게 하면 중생을 거둘 수 있을까? 라는 물음에 답하기 위해 살았던 그의 말씀 중에 "산은 산이요, 물은 물이로다"는 인간의 한계를 알고 진실을 토로한 말인 것 같아 아직도 내 마음속 깊은 곳에 영롱하게 남아있다.

## 🕊 절망이 부활하면 희망이 된다

또 다른 한 분은 평생토록 하느님의 말씀을 평생 따르려고 노력한 한경직 목사다. 하느님을 팔고 다니면서 개인의 부귀영화를 꿈꾸고 있는 혼탁한 세상에 하느님의 가르침을 몸과 마음으로 실천한 분이다. 1992년에는 세계 종교 발전에 크게 기여한 사람에게 주어지는 템플턴상을 수상하기도 했다. 템플턴상 심사위원회는 한경직 목사의 공적을 다음과 같이 기록하고 있다.

"한경직 목사는 서울에서 가장 큰 장로교회인 영락교회의 설립자이며, 피난민들과 가난한 사람들을 위한 사역을 통해 세계의 이목을 한국과 기독교 성장에 집중하게 한 지도자다. 한 목사는 아마도 20세기 한국이 낳은 가장 뛰어난 목사일 것이다. 그는 한국에서 전례가 없을 정도로 많은 수의 장로교회를 성장시켰을 뿐만 아니라 아시아, 아프리카, 유럽 그리고 미주 지역에 이르는 해외 선교 사역을 펼쳐나간 선교의 한 상징적인 인물이 되었다."

한경직 목사는 평안남도 평원군 공덕면 간리에서 농부의 아들로 태어났다. 일찍이 기독교를 받아들인 그 지역인 덕분에 자작교회와 초대 선교사의 한 분인 마포삼열(새뮤얼 오스틴 모펫Samuel

Austin Moffet) 목사가 설립한 진광학교에서 기독교와 선진 지식을 배우게 되었다. 진광학교를 졸업한 후 평북 정주의 오산학교에 입학한다. 집에서 가까운 평양 숭실학교가 있었으나 애국자가 세운 학교에 가야 한다는 부친의 뜻에 따라 오산학교를 선택한 것이다. 오산학교는 남강 이승훈 선생이 설립했고, 당시에는 고당 조만식 선생이 교장으로 재직하고 있었다. 오산학교에서 학생 한경직은 기독교적 신앙과 민족 사랑을 배운다.

우리 민족이 힘없이 외세에 억눌려있었던 것은 과학적 지식이 뒤떨어졌기 때문이라고 판단한 그는 평양 숭실대학에서 이과를 공부했는데, 이때 일생을 성직에 바칠 것을 결심한다. 이후 미국 캔자스 주의 장로교계인 엠포리아 대학에서 인문계 공부를 시작했다. 특히 역사와 철학, 심리학에 많은 관심을 가졌다. 이 학교에서 문학사 학위를 받은 후 프린스턴 신학교에서 신학을 공부했다. 이곳에서 그가 평생 설교한 성서 중심의 복음주의적 신학을 확립한다. 프린스턴 대학을 졸업하고 이후 예일 대학에서 박사 학위 공부를 하려던 그의 꿈은 폐결핵으로 좌절된다. 이 일로 인해 그는 개인적인 야망을 벗고 목회와 봉사의 길을 택할 것을 서약한다. 절망이 새로운 희망으로 부활한 것이다. 그는 병이 치유되자 곧 귀국하여 민족에 대한 봉사를 시작했다.

민족과 국가를 사랑했던 그는 조국의 미래를 위해 젊은이들을 교육하는 일에 온 정성을 쏟았다. 광복 이후 교회 설립과 더불어 대광중고교, 보성여중고교, 영락중고교, 숭실대학, 서울여자대학 등의 설립 또는 재건에 크게 기여했다. 또한 사회의 그늘진 곳을 사랑으로 보살피는 것을 몸소 실천해 많은 고아와 과부, 노약자의 보호자가 되어주었다. 해외 기독교인들과 함께 힘을 합해 선명회를 조직하고 전쟁고아를 보살피는 일에도 앞장섰다.

사회 문제도 등한시하지 않았다. 한국 전쟁이 발발하자 피난길 곳곳에서 시국 강연을 하기도 했고 대구에서는 3,000명의 청년들을 모아 기독교 구국회를 조직해 나라를 지키는 일에 앞장서기도 했다. 무엇보다도 한경직 목사를 더욱 빛나게 하는 것은 그의 근검한 개인 생활에 있다. 영락교회와 종교계 그리고 사회에 크게 기여했음에도 불구하고, 은퇴 후에는 영락교회가 마련한 남한산성 아래 조그만 외딴집의 6평 남짓한 방에서 기도로 여생을 보냈다. 이처럼 훌륭한 목자를 가진 우리들이기에 한국의 기독교인들의 가슴은 더욱 평안하게 된다.

# 알고 보면 너무
# 아름다운 이 세상

신문이나 방송을 보고 있으면 짜증나는 일이 너무 많다. 세상이 곧 망할 것 같다. 돈 안 준다고 아버지를 죽인 사람, 숨겨둔 애인과 살려고 본처를 죽인 가장, 자기는 억대의 뇌물을 받아먹으면서 부하 직원들에겐 청렴을 강조하는 기업가, 자신은 부정부패를 일삼으면서 정직을 강조하는 정치인, 애국심에 불타 아침이면 매일 애국가를 부른다고 말하지만 사실 수십억 원의 공금을 횡령한 고위 공직자, 기수 열외를 강조하거나 하극상을 일삼는 군인, 국민의 지팡이는커녕 권력자의 개가 되어버린 경찰 등등 우리의 눈살을 찌푸리게 하는 것은 수도 없이 많다.

남을 속이는 사람도 부지기수다. 가짜 기름 팔아 이익을 챙기는 주유소, 수입산을 국산으로 둔갑시켜 파는 상인들, 군대에 가지 않으려고 자기 손가락을 잘라버린 사람 등 헤아릴 수가 없다.

그러나 다시 돌아보면 눈살 찌푸리게 되는 사람보다 아름다운 사람들이 더 많다. 그래서 아직도 세상은 아름다운 것이다. 살벌한 세상에 온정을 베풀고 아름답게 살아가는 사람, 개인의 이익보다는 공익을 먼저 생각하는 사람, 맡은 바 자기 임무를 충실하게 수행하다가 목숨까지 잃은 순직 공직자들이 바로 세상을 아름답게 만든다.

## 자기를 불살라 세상을 밝힌 사람들

2010년에 발생한 연평도 폭격에서도, 포탄 조각이 헬멧에 떨어졌지만 그것도 모르고 고장 난 자동포를 수동으로 작동시켜 반격을 하던 해병이 있지 않았던가! 또한 휴가를 가다가 라디오로 연평도 사태를 듣고 다시 사지로 돌아간 장병들도 있었다. 지옥 훈련이라고 소문난 해병대 수색대에 자신의 한계를 시험하기 위해 지원한 그 많은 젊은 청년들은 얼마나 자랑스러운가?

연평도 사태로 목숨을 잃은 민병기 상사의 어머니인 윤청자

여사 또한 얼마나 자랑스러운가. 그녀는 유족에게 지급하는 1억 800여 만 원의 돈을 '안보 하나만큼은 한목소리를 내야 하지 않겠느냐'며 국방부에 헌금했다. 그녀의 용기와 애국심을 우리는 어떻게 본받아야 할 것인가? 죽음이 예상되는 수심 45미터 이상을 헤엄쳐 들어가서 전우들을 구하다 목숨을 잃은 UDT의 전설 고故 한주호 준위도 잊지 못할 만한 일 아니던가?

이뿐만 아니다. 산도 설고 물도 선 이국땅으로 시집와 나이 든 시부모님을 극진히 모시고, 사고로 볼 수도 들을 수도 없는 남편을 대신해 농사를 지어가며 세 딸을 모범생으로 키워낸 일본 태생의 며느리 미야자키 히사마 씨도 지극한 효심과 헌신적인 가족애로 주위 사람들을 감동시키는 모범 외국 며느리다.

## 🦋 나눔을 실천하는 사람들

우리나라 기업인들 중에도 훌륭한 사람이 너무나 많다. 유한양행 창업자이신 고故 유일한 회장님은 전 재산을 사회에 환원했다. 사회에 공헌하여 성공하고, 성공해서 모은 자산을 다시 사회에 환원하는 기업인들과 자산가들도 일일이 다 거론할 수 없을 정도다. 특히 가수 김장훈 씨는 대단하다. 정작 자신은 집 한 채 없지만 그의

| UDT의 전설 고 한주호 준위 초상화 |

한주호 준위는 죽음이 뻔히 예상되는데도 45미터 이상을 헤엄쳐 들어가서 전우들을 구하다가 목숨을 잃었다. 이런 분들이 있어 세상은 아직도 아름다운 것이다.

기부 금액은 알려진 것만 50억 원이 넘는다.

가수 박상민 씨도 기부 천사로 40억 원 이상을 사회에 환원했다. 30년 동안이나 남모르게 불우 청소년 돕기 운동에 앞장선 최불암 씨도 존경받아 마땅하다. 김제동, 조용필, 배용준, 정준호, 비, 장동건, 김국진, 소지섭, 정준하, 박명수, 류시원, 유재석, 문근영, 장나라 등 현재 활동하고 있는 연예인들도 알게 모르게 기부를 통해 사회에 많은 도움을 주고 있다.

짠돌이로 불렸으나 '사람이 늙으면 좋은 일을 하고 가야 한다'는 자신의 생각을 실천해 거금 500억 원을 기부한 영화인 신영균 씨, 골프 여제 신지애는 물론 최경주 등도 매년 1억 원 이상을 기부하고 있다. 박지성 선수 역시 상당액을 후진 양성을 위해 기부한다. 찾아보면 이처럼 좋은 일을 하는 사람이 수도 없이 많다.

서울 동대문구 용두동에서 주꾸미 식당을 운영하며 매년 쌀 100가마를 굶주리는 사람들에게 전달하는 할머니가 있는가 하면, 서울의 한 임대 아파트에 사는 기초 수급자 독거노인인 김남수 할머니(87)는 없는 돈을 쪼개고 쪼개서 매월 1만 원을 굿네이버스에 후원한다. 어릴 적 배를 곯았던 슬픈 기억에 자신보다 어려운 아이들에게 한 끼라도 도움이 되려고 시작한 일이다.

인천의 김희영 씨도 매월 1만 원을 월드비전을 통해 기부한다. 2002년에 시작해 지금까지 한 번도 거른 적이 없다. 아들은 뇌종양, 남편은 뇌출혈, 본인은 무릎과 팔꿈치 관절 수술로 어려움을 겪고 있으며, 생활 형편도 좋지 않아 떡볶이 장사로 생계를 꾸리고 있다는 것을 생각하면 더욱 대단해 보인다.

안면마비, 뇌종양 등으로 자기 몸조차 추스르기 힘든 환자인데도 불구하고 나눔에 열정적인 사람도 있다. 그 주인공은 56세의 지현숙 씨다. 정부의 생계 보조금 32만 원을 아껴 서울대병원에 1만 원, 유니세프, 집수리봉사단 등 3곳에 각각 5,000원을 매달 기부한다. 그러면서 자신은 보일러도 없는 낡은 집에서 난로로 추위를 견딘다. 이런 따뜻한 사람들이 아직은 많기에 세상은 아직 살 만한 것 같다.


## 🦋 톤즈에 세운 사랑의 학교

영화 〈울지마 톤즈〉의 주인공 이태석 신부도 우리들의 눈시울을 뜨겁게 한다. 그는 2010년 4월 한 방송국의 다큐멘터리를 통해 세상에 알려졌다. 1962년생으로 의학과 신학을 공부한 뒤 아프리카 수단으로 떠났다. 그 후 8년 동안 가난과 질병, 전쟁으로 어려움을 겪고 있는 수단 남부의 톤즈라는 작은 마을에서 사랑을 전하는 사제, 병을 치료하는 의사, 아이들을 가르치는 교사로 살았다. 하지만 2008년 11월 대장암 3기 판정을 받았고, 얼마 지나지 않아 그의 뜨거운 사랑을 더 이상 전파할 수 없었다. 그는 사랑이 무엇이며, 행복을 어떻게 실천해야 할지 그리고 어떤 삶을 살아야 할지를 보여주었다. 그리고 마지막까지 아름다운 모습으로 살다가 떠났다.

그가 처음 수단으로 갔을 때 "예수님이라면 성당을 먼저 지으셨을까, 학교를 먼저 지으셨을까?"라고 자문했다. 그 답은 우선 교육을 하는 것이었다. 자신이 신부였음에도 사랑을 전하는 것은 신학을 가르치는 것이 아닌, 그들에게 더 많은 것을 베푸는 것이라고 생각했던 것이다. 시멘트는커녕 못도, 전기도 없는 그곳에서 1년 동안 학교를 만드는 데 전념했다. 그 이후 지식을 전하는 교사와 사랑을 전하는 사제, 그리고 병을 치료하는 의사로 행복을 나누어주었다. 또한 사랑을 베푸는 것 자체가 교육이라는 자신의 생각을 그대로 실천했다. 자신의 희생을 통해 사회적 약자에게 희망과 꿈을 갖게 한 그의 헌신에 나는 뜨거운 눈물을 흘릴 수밖에 없었다. 그는 진정으로 양초와 같이 자신을 희생해 세상에 빛을 퍼뜨린 사람이다.

# 일본 시골 여관에 65년째
# 걸려있는 사진 한 장

일본 가고시마鹿兒島 현으로 여행을 다녀왔다. 한결같이 즐겁고 아름다운 기억들 속에, 인연처럼 만난 사연 하나가 가슴에 애련하다. 지란知覽이라고 하는 작은 시골 마을의 오래된 여관 복도에 65년 동안 걸려있는 한국 사람 사진 한 장 때문이다.

　　이 여행의 가장 큰 목적은 도공의 후예인 심수관沈壽官 도요지와 도자기를 보는 것이었다. 일정에 시간 여유가 있어 새로운 곳을 둘러볼까 하고 관광 안내소에 상담을 했다. 한 번도 들어본 적 없는 지란이란 곳을 추천해주기에, 그 자리에서 관광 지도 한쪽 구석 맨 위에 올라있는 도미야여관富屋旅館이란 곳에 묵기로 했다.

굽이굽이 산길을 돌아 도착한 지란은 아주 작은 시골 마을 이었다. 이미 땅거미가 지고 있어 여관부터 찾았다. 주인 아주머니가 한국인 손님이 길이나 헤매지 않을까 문밖까지 나와 두리번거리고 있었다. 그날 손님이라고는 우리 부부 둘밖에 없었다. 그도 그럴 것이 오래되고 조그만 여관이었기 때문이다. 그런데 이 여관은 오래전, 한 한국 사람과 깊은 인연이 있는 집이었다. 주인 도리하마 하쓰요 씨는 우리에게 다음과 같은 얘기를 들려주었다.

## 🦋 반딧불이처럼 작은 애국의 불빛 하나

지란에는 태평양 전쟁 당시 가미카제 자살 공격으로 악명 높은 특공대 기지가 있었다. 그때 그의 어머니가 이 집에서 식당을 하고 있었는데, 특공대원들이 외출 나오면 이곳에 들러 식사를 하곤 했다. 그중에 미쓰야마 후미히로光山文博(한국명 탁경현)라는 이도 자주 드나들었다. 아들이 없었던 그의 어머니는 아무도 면회 오는 이가 없는 그와 모자母子처럼 가까이 지냈다고 한다.

그는 출격하기 전날, 작별 인사를 할 겸 찾아왔다. 저녁을 먹고 "오늘이 마지막이니 내 고향 노래를 부르고 싶다"며 눈물을 감추려는 듯 모자를 앞으로 당겨 얼굴을 가린 채 한 서린 목소리로

'아리랑'을 불렀다. 그가 한국 사람이라는 것을 처음 알게 된 모녀는 그를 위로했다. 그러자 그는 "만일 제가 죽어 영혼이 된다면 내일 밤에 다시 찾아오겠습니다. 반딧불이 되어……"라는 말을 남기고 떠났다. 이튿날 출격했고 태평양에 몸을 던진 그날 밤, 그가 앉아있던 방에는 거짓말처럼 반딧불이 모여들었다고 한다.

전설 같은 이 이야기가 세상에 알려져 여러 해 전에 일본에서 〈반딧불이〉라는 영화로 제작되기까지 했다.

전쟁이 끝난 후에도 어머니는 식당 일을 계속하며 그와 함께 찍은 사진을 벽에 걸어놓고, 혹시라도 그가 살아 돌아오지 않을까, 유족들이라도 만날 수 있지 않을까 하고 기다렸다고 한다.

이제 어머니도 돌아가시고 사람들의 기억에서도 그날의 일은 잊혀져가고 있다. 다만 사진 한 장만 덩그러니 걸려있다. 그 사진의 사연이 가슴속에 남아 아직 마음 한쪽이 시리다며 여관 주인은 유족을 만나면 그의 고국으로 사진이라도 전해주고 싶다고 말을 이었다. 지금은 세월이 많이 흘렀고 전쟁의 흔적도 많이 지워졌다. 식당도 여관으로 개조했고 그 기억을 온전히 가지고 있는 어머니도 세상을 떠났다. 그래도 그녀의 기억에 미쓰야마 후미히로 아니, 탁경현 씨는 따뜻한 기억으로 남아있다고 했다.

식사를 마치고 나오는 복도에 빛바랜 낡은 사진 한 장이 애처로이 걸려있었다. 그의 생애에 마지막이 되었을 그 사진이, 이국

異國의 시골 한구석에 가족은 고사하고 같은 피의 한국 사람들조차 오지 않는 이 조그맣고 오래된 여관 벽에 65년이나 걸려있는 것이다. 꽃다운 청춘을 피워보지도 못하고 남의 나라 전쟁에 희생이 된 것도 서러운데, 고향 사람들의 발길도 닿지 않는 곳에 남아있는 것이다. 그런 생각을 하니 가슴이 미어져왔다.

역사의 구렁텅이에서 '가미카제'라는 일제의 총알받이로 나갔던 그를 누구는 친일파라고 할지 모른다. 하지만 그가 울며 마지막으로 부른 노래는 아리랑이었다. 그것은 누구를 위한, 무엇을 위한 노래였을까. 남의 나라 전쟁에 끌려가 꽃다운 청춘을 묻고, 그 영혼조차 긴 세월을 이국의 구천九泉에서 떠돌아야 했으니……. 암울했던 그 시대에 어찌 억울한 영혼이 그 하나뿐이랴! 울음을 삼키려 고개 숙이고 부른 그의 아리랑이 오늘도 나의 가슴을 울린다. 비록 일본 천황을 위해 목숨을 버리겠다고 충성을 맹세하며 가미카제 특공대에 지원한 그였지만, 가슴에 불같은 조국애가 있었기에 마지막 부른 그의 이별 곡이 '아리랑'이 아니었을까?

누가 친일파고 누가 애국자라고 할 것인지 다시 한 번 생각해본다. 그때 그 시절에 살아보지 못한 현대인이 누구는 친일파, 누구는 애국자라고 어떤 기준으로 판단할 수 있단 말인가?

----

* 이 글은 일본을 여행하고 온 어느 여행객의 글을 재구성한 것입니다.

# 정치인은
# 나라 사랑에 미쳐야

목사님과 정치인이 함께 한강에 빠졌다. 누구를 먼저 구해야 할까? 정답은 '정치인을 먼저 구해야 한다' 이다. 정치인이 한강에서 죽으면 한강 물이 더럽게 오염되니, 오염을 막기 위해서 정치인을 먼저 구해야 한다는 우스갯소리다.

우리나라 정치인들이 모두 더러운 것은 아니다. 정치인도 사람인데 어찌 나라 사랑하는 마음이 없겠는가? 그런데 문제는 시스템이다. 더러운 물에 깨끗한 물 한 방울 떨어뜨린다고 전부 깨끗해지는 것이 아니다. 오히려 그 깨끗했던 물까지 더러워지게 된다. 부정부패를 근절하려면 부정부패를 생각조차 할 수 없는 입법이 선행되어야 한다. 그러나 고양이 목에 방울 달기처럼 그 누구도 자진해서 나서는 사람이 없다.

우리나라가 선진국이 되는 데 가장 큰 걸림돌이 되는 것은 부정부패다. 입법부, 행정부, 사법부, 군부, 공공 기관 할 것 없이 정말 푹 썩은 것 같다. 그런데 부정부패를 방지하는 일은 의외로 간단하다. 원인을 원천 차단하는 제도만 확립되면 아무도 감히 부정을 저지를 수 없을 것이다. 엄정한 법치 제도를 확립하고 공정하고 일사불란한 법 집행이 가능하도록 하면 된다. 우리나라 국민 가운데 법이 제대로 작동한다고 생각하는 사람은 별로 없는 것 같다. 법이 있기는 하지만 약한 사람들에게만 적용되고 힘 있고 돈 있는 자들에겐 무용지물이라고 느낀다.

200여 종족이 모여 사는 이민의 나라, 미국에서 엄격한 법 제도가 존재하지 않았다면 지금처럼 강대국이 될 수 있었을까? 아니, 미국이라는 나라의 존재가 가능하기라도 할까? 나는 아니라고 생각한다. 엄격하게 지켜야 하는 법 제도 때문에 오늘의 미국이 있는 것이다. 실례로 단 한마디 거짓말을 했다는 이유로 존슨 대통령이 쫓겨난 바 있으며, 아무리 돈이 많아도 한 번의 부정부패로 몰락하는 기업도 헤아릴 수 없이 많다. 미국보다 상대적으로 작은 우리나라에서 엄격한 법 제도와 법 앞에서 만인이 평등할 수 있는 제도가 마련되기만 한다면 선진화는 시간문제다.

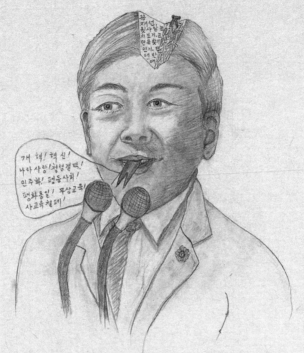

| 정치인의 머릿속을 들여다본다 |

더러운 물에 깨끗한 물 한 방울을 떨어뜨리면 어떻게 될까? 더러운 물
이 깨끗해지는 것이 아니라 깨끗했던 물이 더러워진다. 부정부패를 근
절하려면 부정부패를 생각조차 할 수 없는 입법이 선행되어야 한다.

## 🦋 선진화는 시스템의 문제다

나는 부정한 일이 발각된 국회의원은 30년간 정치 활동을 못하게 피선거권을 박탈하는 엄격한 법이 필요하다고 생각한다. 철새 국회 의원을 없애는 방법도 간단하다. 당적을 옮기면 그날부터 5년 이내 에는 다른 당에서 출마하지 못하게 법을 만들면 된다.

대가 없는 떡값이 어디 있겠는가? 정당한 월급 이외에 받는 돈은 뇌물이다. 정치인, 사법부, 행정부, 교육 공무원, 군부, 국영 기업체 직원 할 것 없이 공직자가 뇌물을 받았다면 엄중한 실형을 선고하고 연금까지 몰수해야 한다. 아울러 평생 공직자가 되지 못 하게 하는 법을 도입해야 한다. 판검사가 부정을 하면 파직은 물론 이고 변호사 자격증까지 박탈하는 법이 필요하다. 경찰에게도 수 사권과 기소권을 주어 검사나 판사, 고위 공직자들의 부정을 조사 할 수 있게 해야 한다. 만약 당신의 아들이 죄를 지었다면 냉정한 심판대에 올릴 수 있겠는가? 팔은 안으로 굽는 법. 검사가 검사를 수사하고 판사가 판사를 재판한다면 옳은 판결을 할 수 있겠는가?

더러운 물에 깨끗한 물 몇 방울 넣는다고 깨끗해지지 않는 다. 거역할 수 없는 법 제도를 만들고 정화 시스템을 만들어야 한 다. 정치권도 마찬가지다. 부정을 저지를 수 없도록 하는 법을 제 정하는 것이다.

얼마 전 국립과학수사연구원 정희선 원장님의 호의로 국과수를 방문, 견학한 일이 있다. 그때 재미있는 이야기를 들었다. 경찰이나 검사들이 심증은 있는데 물증이 없을 경우, 피의자를 국과수의 거짓말 탐지기로 데려간다. 재미있는 것은 국과수의 거짓말 탐지기로 테스트를 해보자고 하면 오는 도중 자백하는 경우가 45퍼센트나 된다는 것이다. 그런데 우리나라에서 정밀한 거짓말 탐지기는 국과수에 단 하나밖에 없다고 한다.

정부나 국민 모두 과학 수사를 요구하는데, 정작 과학 수사에 필요한 기재나 과학 수사 연구를 할 예산은 너무 부족하다고 한다. 듣고 보니 너무 안타까운 일이었다. 이런 사정을 정부나 국회의원들은 알고 있을까? 알아도 자기에게 돌아오는 이익이 없으니 모른 척, 들어도 못 들은 척 하는 것 같다. 충분한 능력이 있는 인재들을 두었음에도 최신 시설이 없어 미국과 같은 과학 수사를 부러워할 뿐이다. 말로만 과학 수사를 해야 한다고 외치지 말고 실질적으로 과학 수사를 할 수 있도록 예산을 늘려야 한다.

사람들에게 법을 잘 지키게 하는 방법도 어렵지 않다. 법을 지키지 않으면 살지 못하도록 하면 된다. 탈세나 공직자들의 범법 행위에 공소 시효를 없애야 한다. 또한 이런 범죄자들은 대통령 특별 사면권도 없어야 한다. 선거철에 선심 쓰듯 특별 사면을 하면 누가 법을 무서워하겠는가? 임기 말에 감방에 있는 대통령 측근들을 사면, 복권해준다면 그들이 뭐가 겁나겠는가?

잘나가는 의사나 변호사, 거창한 법무 법인이나 회계 법인, 거대한 기업이나 공공 기관이 탈법, 탈세, 서류 조작을 하면 이들에게도 철퇴를 내려야 한다. 소유한 면허증이나 자격도 박탈하는 것이 당연하다. 폭력을 휘두르는 사람은 한 사람에게만 피해를 입히지만, 부정을 저지르는 권력자는 온 국민들에게 피해를 입히기 때문이다.

미국 법무장관이 캘리포니아 주에 대통령 선거 운동 차 왔다가 교통 위반 딱지를 받은 적이 있다. 바로 해결하면 끝났을 일을 자신의 권력을 믿고 어물거렸다. 이에 법원은 구속 영장을 발부하겠다는 최후통첩을 한다. 이 일이 언론에도 알려졌다. 12달러 교통 위반 벌금은 140달러로 올라갔다. 결국 그는 벌금을 납부했지만 좋지 않은 이미지가 생긴 것은 물론이다. 그런데 법무장관에게 법원이 구속 영장을 신청하는 것이 우리나라에서는 가능할까?

군 장성이라는 사람이 군인들이 먹는 간식비를 착복해서야 되겠는가? 군납업자들이 군부와 짜고 작동하지도 않는 무기를 납품했다면, 이들에게 국가 반역죄로 법정 최고형을 선고해도 모자라지 않다. 수도권을 지키는 방공포가 가짜 부속품을 납품받아서 작동을 하지 않는다면 국가 존망의 문제와도 직결된다. 이런 사람들에게 죄에 대한 책임을 철저하게 묻지 않고 넘어가면 애국심을 가질 사람이 과연 얼마나 있겠는가?

| 대한민국 국회는 지금? |

법을 잘 지키게 만드는 방법은 어렵지 않다. 법을 지키지 않으면 살지
못하도록 하면 된다. 폭력을 휘두르는 사람은 한 사람에게만 피해를 입
히지만 부정을 저지르는 권력자는 온 국민에게 피해를 입힌다.

# 시민 의식처럼 성숙한 정치 제도를 만들자

2002년 월드컵 경기가 있을 때, 누가 시키지도 않았는데 수백만 명이 자기 돈으로 붉은 티셔츠를 사 입고 거리로 뛰쳐나와 열렬히 응원했다. 세계가 놀란 것은 한국의 축구 실력뿐만이 아니었다. 온 국민이 하나로 뭉쳐 응원하는 열정과 단결력, 그리고 성숙한 시민 의식에 더욱 놀란 것이다.

이제 시민 의식처럼 성숙한 정치 제도를 만들어야 한다. 이 것이 우리 국민들이 간절히 바라고 있는 꿈이며 목표다. 이런 꿈을 꾸면서 한번 미쳐보자. 깨끗한 정치를 할 수 있도록, 더러운 물을 정화할 수 있도록 시스템을 만들고 솔선수범하는 사람을 찾아보자. 미치면 되지 않을 일이 없다. 이처럼 깨끗한 정치 시스템을 만드는 데 최선을 다할 수 있는 사람이 대통령이 될 수 있도록 미친 듯이 찾아보자는 것이다. 일류 국가로 가는 길이 어려운 것이 아니다. 온 국민이 일류 국가로 가기를 꿈꾸면 된다. 그리고 꿈을 목표로 만들고 그것을 실행할 수 있도록 미쳐야 한다.

# 이승만이 없다면
# 대한민국은 없다?

역사를 흔히 '승자의 기록'이라고 한다. 그러나 찬찬히 살펴보면 역사의 그늘에서 조용히 재평가를 기다리는 사람도 있다.

## 🦋 자유를 사랑한, 그래서 자유를 지켜낸 대통령

대한민국을 건국한 이승만 대통령은 지금 우리 국민들의 마음으로부터 잊혀져가는 역사 속의 인물이다. 그런데 과연 그대로 잊혀져야 할까? 나는 이승만 대통령이 없었다면 오늘의 대한민국도 없을 것이라고 생각한다. 어떤 이들은 이승만 대통령을 미국의 앞잡이라고 혹평하기도 하지만 사실 이승만 대통령이 미국과 마찰한 일은 한두 가지가 아니었다. 미소가 합의한 신탁 통치를 반대한 것은 말할 것도 없고, 미국 몰래 반공 포로를 석방한 것은 세계가 두고두고 지지한 이승만 대통령의 결정이다.

미국의 정치적 압력과 협박, 여러 정치 세력들의 난립을 딛고 '자유 대한민국'을 만들어내기까지 그가 고군분투한 역사적 현장의 진실은 오늘날 사람들의 기억 속에서 점차 사라지고 있다. 우리는 가장 귀중한 나라의 뿌리를 너무 쉽게 잊어버린다. 독재자라는 오명 속에 그가 세운 대한민국의 정통성까지 함께 묻히고 있는 것이다. 《이승만이 없었다면 대한민국은 없다》(로버트 올리버, 동서문화사, 2008)를 보면, '과연 이승만 초대 대통령이 없었다면 지금의 대한민국도 탄생할 수 없었구나' 하고 감탄하게 된다.

이승만 대통령을 일찍부터 배격한 것은 소련이었다. 소련에게 이승만은 결정적인 방해물이었다. 해방 2개월 만에 소련은 북한인민위원회를 구성했다. 미국은 그들이 편한 방식으로 '좌우 합작'을 주장하며 소련에 협력하라고 강요했다. 이에 이승만은 '반反소비에트', '반反공산주의'를 외치며 소련의 위성국이 되는 것을 강력히 거부했다.

이승만은 왜 그토록 완고한 반공주의자가 되었을까? 이를

| 이승만 대통령 초상화 |

이승만 대통령은 지금 우리 국민들의 마음으로부터 잊혀져가는 역사 속의 인물이다. 그런데 과연 그대로 잊혀져야 할까? 나는 이승만 대통령이 없었다면 오늘의 대한민국도 없을 것이라고 생각한다.

이해하기 위해서는 한국 근현대사를 돌아봐야 한다. 그것은 이승만의 삶 자체이며, 우리나라 역사의 일부이다.

1875년생인 이승만은 배재 학당에 다니던 20세 때 '명성황후 시해'와 '아관파천'을 지켜보며 일본과 러시아의 한반도 쟁탈전을 몸으로 체험한다. 그들의 비인간성과 비합리성을 경험하고 이를 반드시 되갚아줄 것을 다짐한다. 국모 피살을 복수하겠다고 나섰다가 쫓겨 다니기도 하고, 러시아의 국토 할양 요구에 논설로 저항하기도 했다. 왕정의 부정부패를 규탄하고 입헌 군주제를 주창하다가 역모 죄로 몰려 투옥되기까지 했다.

이런 일을 겪은 후 러일 전쟁이 한창인 1904년에는 옥중에서 《독립정신》을 저술한다. 외세를 배격한 독립 강국의 건국 이념을 설파한 책이다. 또한 1923년 하와이 망명 시절에는 〈공산당의 당부당當不當〉이라는 논문을 발표한다. 이 논문에서 그의 반反외세, 반러시아가 '반공산주의'로 자리 잡는 결정적 의식 변화를 살펴볼 수 있다. 특히 레닌의 공산 혁명 이후 전 세계가 적색 열풍에 빠져있을 때 그의 '공산주의 비판'은 프린스턴 대학 박사다운 정치 철학과 타고난 통찰력, 세계관을 한눈에 보여준다. 이를 "평민들이 집권하는 것도 바람직하고 재산 분배도 당연하다. 단, 자본가 계급을 없앤다면 개명開明과 진보는 정지될 것이다"라는 그의 말로 대변할 수 있을 것이다.

그는 우리나라 민주주의 발전에 수많은 공헌을 했다. 6·25 전쟁의 극한 상황에서도 선거를 중단하지 않았음은 물론 국회를 해산하지도 않았다. 대통령 직선제도 포기하지 않았고 헌법을 정지시키지 않았다. 또한 야당의 존재를 부정하지 않았다. 그 결과 민주당이 자유당과 함께 양당 제도를 운영할 수 있었다. 그리고 흥사단계의 〈사상계〉와 한민당계의 〈동아일보〉가 그를 맹렬히 비판할 것을 알았음에도 언론의 자유를 허용했다.

특히 1960년 4·19 혁명은 그의 정치 철학을 단적으로 보여준다. "국민들이 원한다면 그렇게 하겠소"라고 일언지하에 물러난 것이다. 떠나는 모습도 아름다웠다. 한 나라의 최고 자리, 대통령이라는 권력을 쥐었지만 물러날 때는 옷가지가 든 가방 네 개, 우산 두 개, 지팡이 하나만 들고 비행기에 몸을 실었다. 비행기에 오르는 그에게 기자들이 마지막으로 한마디를 부탁하자 "내가 무슨 할 말이 있겠소?"라고 했다. 영부인이었던 프란체스카 여사도 마찬가지였다. "한국을 사랑합니다"라는 말을 마지막으로 떠난 것이다. 구차한 변명 대신 후대의 평가를 받겠다는 속마음은 아니었을까 생각한다.

이처럼 한국을 사랑하고 헌신했던 그에게 왜 우리는 '독재자'라는 오명을 씌웠을까? 그는 왜 존경받는 초대 대통령으로 기억되지 못하는 것일까? 그것은 1948년 대한민국 건국 내각을 구성

할 때 기존에 권력을 쥐고 있었던 친일파와 지주 계급을 완전히 배제했기 때문이었다.

당시 남한 최대 정당인 한민당은 7명의 각료를 요구했으나 이승만은 이를 거부했다. 친일 인사와 농지 개혁을 반대한 지주들을 배제하는 것이 그의 원칙이었기 때문이다. 한민당의 뿌리는 지주 계급들이고 이들 중에는 친일파도 많았다. 그러므로 한민당의 요구를 수용하면 농지 개혁도 뜻대로 되지 않을 것이며, 친일파를 등용하면 정치적 신념에 대한 정당성도 사라질 수 있었다. 농지 개혁이란 한 명의 지주가 소유할 수 있는 토지의 상한선을 두고 그 이상을 소유하면 국가가 이를 유상으로 몰수하여 영세 농민들에게 다시 유상으로 분배한 것을 말한다. 영세 농민들에게는 생산된 곡식으로 농지 값을 받았다. 이런 농지 개혁이 실시되면 기존 지주들의 권력은 작아질 수밖에 없었다. 따라서 지주들에게 이승만은 눈엣가시였고, 그들은 대중들에게 이승만을 영웅이 아닌 역적의 모습으로 선동해야만 했다.

그의 업적을 살펴보면, 그는 철저한 반공주의자였고 자유 민주주의 신봉자였다. 해방 이후 무질서한 사회 속에서도 반탁 운동을 했고, 소련의 반대에도 굴하지 않고 자유 민주주의의 초석을 세웠다. 6·25 전쟁으로 공산화될 뻔했던 시기에도 미국을 설득해 한미 동맹을 체결하고 유엔군의 지원을 얻어 한국을 위기로부터 구해냈다.

세계 각국에는 그 나라만의 특별한 지도자가 존재하며 그를 추모하는 동상이 우뚝 서있다. 미국 워싱턴DC에 가면 링컨 대통령을 추모하는 동상이 있고, 중국에는 수많은 모택동 동상이 있다. 사실 링컨 대통령도 남북 전쟁 당시 국가 이익에 어긋난다는 명목으로 350개나 되는 언론사를 폐간시켜 언론의 자유를 훼손했으며, 심지어 대법관에게까지 국가 이익에 반하는 재판을 한다고 공갈 협박한 기록이 있다. 모택동도 마찬가지로 자신에 반대하는 인물들을 눈물 한 방울 흘리지 않고 제거하는 등 수많은 악행을 저질렀다. 그러나 그런 과오에도 불구하고 그들의 업적이 존경받아 마땅하기에 지금까지 영웅으로 추앙받고 있는 것이다.

내가 생각하기에는 초대 대통령인 이승만 역시 이런 지도자와 비교해 못할 것이 하나 없다. 건국 50년도 더 지난 우리에게 존경할 만한 지도자 하나 없다는 것이 얼마나 창피한 노릇인가? 이제 작은 허물들은 묻어버리고 그의 업적들을 재조명해야 할 것이다.

# 우리도 한번
# 잘살아보세

우리나라가 세계 경제 11위 국가가 되는 데 초석을 다신 대통령이 있다. 바로 박정희 전 대통령이다. 박정희 대통령만큼 공과功過가 뚜렷한 인물도 없다. 일본 육사 출신에다가, 육사에 입학하기 위해 일본 천황에게 충성을 맹세하는 혈서를 바친 일, 집권 당시 복잡한 여성 문제 등 과오가 적지 않다. 그래서 박 전 대통령 시대를 재조명하는 일은 현 정부 들어 진행된 각종 과거사 논쟁에서도 정점에 해당한다. '한강의 기적'을 이룬 업적과 함께 그 한복판을 가로지르는 '독재'를 어떻게 평가할 것인가 하는 문제다. 절대적 빈곤에서 벗어난 것을 중시하느냐, 아니면 지도자로서의 자질을 중시하느냐에 따라 그 평가는 나눠질 것이다.


## 🦋 독재 vs 경이적 경제 성장


1961년 군사 쿠데타로 정권을 장악한 그는 그해 7월 경제기획원을 설립해 산업 구조 고도화와 수출 증진을 위한 경제 개발 계획을 수립했다. 아울러 경제 개발을 지원하기 위해 산업 금융 체제도 정비했다. 1970년대에는 유가 상승으로 물가가 불안해지는 와중에도 중화학 공업 정책을 추진해 고도성장 기조를 유지했다.

　이런 성장 정책과 수출 목표를 달성하기 위한 각종 지원 정책으로 빈곤의 늪에서 빠져나올 수 있었다. 실제로 박 전 대통령이 집권했던 1961년 82달러에 불과했던 우리나라 1인당 명목 소득은 1979년 1,636달러를 기록했다. 무려 연평균 18퍼센트라는 놀라운 성장을 달성한 것이다. 특히 수출은 연평균 38퍼센트가 증가하는 경이적인 성장을 이룩했다.

　'개발 독재 불가피론'을 펴는 보수적 시각에서는 1960년대에서 1970년대까지 우리나라가 이룩한 경이적 경제 성장이 박 전 대통령의 통찰력과 함께 '독재 때문에' 가능했다고 평한다. 그러나 비판자들은 개인의 능력과 관계없이 한국 경제는 성장할 수 있

었다고 주장하며 '독재의 폐해'를 지적한다. 이때 이룬 경제 성장
은 노동자들의 희생과 인권 침해, 천민 자본주의의 폐단과 부작용
을 낳았다는 것이다.

이처럼 박 전 대통령은 경제 성장과 함께 쿠데타를 통한 집
권과 철권통치의 양면성을 극명하게 지니고 있어 평가가 더욱 쉽
지 않다. 최근의 추세는 'CEO 박정희'를 인정해야 한다는 쪽으로
의견이 모이고 있는 듯하다. 그동안 비평 일색이었던 진보 학계에
서조차 그런 움직임이 포착될 정도다.

월남전이 한창일 때, 미국 무기 제조업체인 맥도널드 더글
라스 사社의 중역 데이비드 심프슨David shimperson이 내한하여 박
정희 대통령과 나누었던 대화가 공개되면서 가슴을 찡하게 했다.

그의 수기 내용을 요약하면 다음과 같다.


"각하! 한국이 저희 M-16 소총 수입을 결정해주신 것에 대해
깊은 감사를 드립니다. 이것은 저희들이 보이는 작은 정성입니다." 그
리고 나는 준비해온 수표를 그의 앞에 내밀었다. "이게 무엇이오?" 박
정희 대통령은 봉투를 뜯어 내용을 살폈다. "백만 달러? 내 월급으로
는 3대를 일해도 만져보기 힘든 거액이군요." 그는 잠시 눈을 감았다.
그리고 나에게 말했다. "자, 이 돈은 내 돈이오. 내 돈이니까 이 돈으
로 당신 회사와 거래를 하고 싶소. 지금 당장 이 돈의 가치만큼 총을

가져오시오. 난 돈보다는 총으로 받았으면 하는데 당신이 그렇게 해주시리라 믿소."

나는 대통령의 예기치 못한 제의에 놀라 눈이 휘둥그레졌다. 그러나 그는 말을 계속했다. "당신이 준 백만 달러의 돈은 내 것도, 당신 것도 아니오. 이 돈은 지금 저 멀리 천리 타향 월남에서 싸우고 있는 우리 형제자매, 그리고 우리 자식들의 돈이란 말이오. 그런데 어찌 내 배를 채우는 데 사용할 수 있겠소. 당장 이 돈을 가져가시오. 그리고 이 돈만큼의 총을 우리에게 주시오."

1979년 당시 민주화 운동을 하던 김문수 현 경기도 도지사는 박정희 대통령이 서거했다는 소식이 알려지자 만세를 불렀다고 했다. 대한민국에 새로운 민주주의의 시대가 열릴 것이란 생각에서였다. 그러나 그는 최근 한 언론과의 인터뷰에서 "돌이켜 생각해 보면 박정희 대통령만큼 조국과 민족을 위해 열심히 일했던 대통령도 없었던 것 같다"고 회상했다.

평생을 민주화 운동에 몸 바친 진보 성향의 백기완 선생 역시 "박정희 대통령은 우리 같은 사람 3만 명만을 괴롭혔지만, 이후 대통령들은 국민 전체를 괴롭혔다"고 말했다.

1960년대에는 필리핀 같은 나라가 우리보다 잘살았고, 1970년대 중반까지 북한의 경제력이 대한민국을 앞섰다. 이런 상황에서 박정희는 국민들에게 신바람 나게 일할 수 있도록 〈싸우면서 건설하자〉, 〈할 수 있다. 하면 된다〉, 〈우리도 한번 잘살아보세〉 등의 '최면 구호'를 외쳤다. 지금 중국을 비롯한 중남미와 아프리카, 아시아 국가들이 박정희를 연구하고 새마을 운동을 배우려 노력하고 있다. 무엇이 세계 최빈국 중의 하나였던 '코리아'를 세계 10위권의 부자 나라로 성장하게 만들었는지가 연구 대상인 것이다. 실제로 국민 소득 1만 달러를 돌파하는 데 일본은 100년이 걸렸고, 미국은 180년, 영국은 200년이 걸렸다. 그러나 한국은 불과 30년 만에 달성했다. 이런 저력은 한국인의 가슴에 자긍심과 자부심을 새겨넣었다.

그에 대해 세계의 지도자들과 석학들은 이렇게 평한다.

"나도 영화를 통해 서울을 보았는데, 서울은 일본의 도쿄보다 훌륭한 도시로 조선이 자랑할 만한 세계의 도시입니다. 서울에 가면 박정희 전 대통령 묘소도 참배하고 싶습니다. 그것이 예의라고 생각합니다."
-김정일, 1999년 고故정주영 현대그룹 회장과의 대화 중에서

"박정희는 조국 근대화에 확고한 철학과 원대한 비전을 바탕으로 시의적절한 제도적 개혁을 단행했다. 매우 창의적이며 능률적이었다."
-카터 에커트, 하버드대 교수

"아시아에서 위기에 처한 나라를 구한 위대한 세 지도자로 일본의 요시다 시게루와 중국의 덩샤오핑 그리고 한국의 박정희를 꼽고 싶다. 박정희는 오직 일에만 집중하고 평가는 훗날 역사에 맡겼던 지도자이다."

-리콴유, 싱가포르 고문장관

"세계 최빈국의 하나였던 한국이 박 대통령의 새마을 운동을 시작으로 불과 20년 만에 세계적인 무역 국가가 되었음을 경이롭게 본다."

-폴 케네디, 예일대 교수

"박 대통령의 역사적 공헌은 그의 뛰어난 지도력 하에 한국을 저개발의 농업 국가에서 고도로 성장한 공업 국가로 변모시킨 것이다."

-앰스덴, MIT 정치경제학 교수

"박정희 정권 동안 목표는 자립 경제력을 갖춘 현대 국가의 건설이었다. 박정희 대통령은 그 목표를 성공적으로 달성했다."

-맨스로프, 러시아 안보연구소 교수

"중국의 덩샤오핑은 세계에서 유례 없는 한국의 연 10퍼센트 급성장과 경제 부상에 놀라며, 박정희식 경제 개발에 많은 관심을 갖게 되었다."

-마훙, 중화인민공화국정책과학연구회장

"박정희 대통령은 매우 강한 지도자였으며 대기업을 일으켜 국부國富를 증진시킨 훌륭한 지도자이다."  -마하티르, 말레이시아 전 총리

"박정희의 근대화 성공으로 중산층이 성장하고 이것이 한국 민주주의의 토대가 되었다. 박정희야말로 한국 민주주의 발전에 가장 크게 기여하였다."  -오버홀트, 지미 카터 대통령 수석비서관

"민주화란 것은 산업화가 끝나야 가능한 것입니다. 자유라는 것은 그 나라의 수준에 맞게 제한되어야 합니다. 이를 가지고 독재라고 매도하는 것은 말이 되지 않습니다."

-앨빈 토플러, 뉴욕대학 명예박사/미래학자

"1965년 필리핀 1인당 GNP가 270달러였을 때 한국은 120달러였지만, 2005년 필리핀이 1,030달러일 때 한국은 1만 6,500달러로 증가했다. 가난한 절대 빈곤의 후진국에서 산업화의 기틀을 마련한 박정희 대통령의 지도력이 존경스럽다."  -아로요, 필리핀 대통령

"중국의 덩샤오핑의 개혁은 박정희를 모델로 한 모방이다."

-미국 RAND 연구소

내 생각에도 박정희 대통령은 민주화를 앞당기는 데 많은 역할을 했다. 온 열정을 다해서 산업화의 초석을 세웠기 때문이다. 산업화가 이루어지지 않았다면, 민주화의 기틀도 마련할 수 없었을 것이다.

# 멋지게 살고
# 멋지게 사라지자!

1999년 해발 8,848미터로 세계에서 가장 높은 에베레스트 산 정상에서 200미터 못 미친 지점에서 한 등산가의 시신이 발견되었다. 이 시신의 발견으로 흥미 있는 논쟁이 벌어졌다. 1924년 에베레스트 산의 정상 부근에서 실종되었던 조지 말로리George Herbert Leigh Mallory라는 등산가의 시신이었기 때문이다.

논쟁의 핵심은 '말로리가 목숨을 잃은 순간이 정상을 향해 오르던 중이었을까, 아니면 정상을 정복하고 하산하던 중이었을까'에 대한 것이다. 산을 정복하고 내려오는 중이었다면 에베레스트를 최초로 정복한 사람은 그가 되기 때문이다. 이 논쟁에 대해

1953년 공식적으로 에베레스트를 최초로 정복한 에드먼드 힐러리 Edmund Percival Hillary 경은 이렇게 말한다.

"에베레스트 등정의 핵심은 단순히 정상에 오르는 데 있지 않다. 내가 생각하기에는 오히려 하산이 더욱 중요하다."

나는 그의 말에 공감한다. 정상에 오르는 것도 중요하지만, 내려오는 것 역시 중요하기 때문이다. 인생도 마찬가지다. 최고를 향해 오르는 것도 중요하지만 멋진 마무리 역시 중요하다.

너무나 대조적이었던 세계적인 두 여배우의 일생을 살펴보자. 30대의 젊은 나이에 사라진 마를린 먼로Marilyn Monroe(1926~1962)와 아프리카에서 자신의 미모만큼 아름다운 인생을 살다 간 오드리 헵번Audrey Hepburn(1929~1993). 두 배우는 비슷한 시기에 정상에 올랐지만, 그 정상에서 내려오는 방법이 달랐다.

## 🦋 일장춘몽으로 끝난 부귀영화

1962년 8월 5일 새벽, 할리우드가 낳은 20세기 최고의 '섹스 심벌' 마를린 먼로가 벌거벗은 채 주검으로 발견됐다. 사인은 약물

과다 복용으로 인한 자살이었다. 그러나 40년이 지난 오늘날까지 그녀의 죽음은 의문으로 남아있다.

히스토리 채널의 '누가 마를린 먼로를 죽였나?' 편을 통해 방송된 의혹과 논란은 시청자의 눈길을 사로잡았다. 오랫동안 마를린 먼로의 죽음을 조사해온 작가 도널드 울프는 "먼로는 자살이 아니라 살해되었다"고 말한다. 그 이유로 그는 먼로와 케네디 형제의 관계를 거론했다. 먼로는 당시 존 F. 케네디John F. Kennedy 대통령의 정부로 알려져있었다. 두 사람은 존 F. 케네디의 대통령 선거 기간에 처음 만났고, 이후 내연의 관계로 발전했다.

존 F. 케네디는 미 정보기관의 설득으로 먼로를 멀리하게 되었지만 먼로는 그의 주변을 맴돌았다. 이에 존 F. 케네디는 그의 동생 로버트 케네디를 보내 먼로를 설득한다. 이 과정에서 먼로는 존 F. 케네디와는 또 다른 매력을 가진 열정적이며 활달한 동생 로버트 케네디에게 빠진다. 아니, 어쩌면 먼로의 환상 즉, 케네디가의 며느리가 되는 허황된 꿈 때문에 그들의 주변을 맴돌았는지도 모른다.

그런데 문제는 먼로의 일기가 발견되면서부터다. 먼로는 케네디 형제와의 대화를 빠짐없이 기록한 일기를 썼다. 이 일기에는 쿠바와 카스트로에 대한 이야기에서부터 소련에 대한 대외 정책까지 기록되어있었다. 로버트 케네디는 이 일기를 없애라고 강요했고, 또 한편으로 그녀와 관계를 단절했다. 그러나 먼로는 자신이 알고 있는 모든 사실을 언론에 폭로하겠다며 흥분했고, 이틀 후 전화기를 움켜쥔 채 약병이 뒹구는 자신의 침대에서 죽음을 맞이하게 되었다.

이런 그녀의 죽음에 대해 여전히 많은 의혹이 제기되고 있다. 당시 사건을 담당했던 한 지방 검사는 누군가가 사건을 은폐했다고 주장하며, 모든 증거들이 파기되었고 재검시 역시 이루어지지 않았다고 말한다. 그녀를 검시했던 사람 역시 먼로의 죽음이 자살과는 거리가 먼 것이라고 밝혔다. 또한 먼로가 죽은 날 밤, 로버트가 먼로의 거주지인 LA 베벌리힐스 근처의 도로에서 과속으로 경찰 조사를 받은 사실이 밝혀졌지만, 이 또한 흐지부지되고 만다. 이처럼 많은 논란이 있었던 그녀의 죽음은 결국 자살로 판명 났다.

먼로는 1926년 6월 1일 로스앤젤레스에서 태어났다. 그녀의 본명은 노마 진 몬텐슨Norma Jean Mortenson으로 어머니가 그녀를 가졌을 때 아버지는 대책도 없이 임신했다며 화를 내고 집을 나가 버렸다. 세기의 여배우는 사생아처럼 태어났다. 어릴 때부터 이 집 저 집으로 옮겨 다니며 생활하다가 1937년 고아원에서 나오게 된다. 이후 한 가정집에 입양되었고, 강제로 원치 않는 성관계를 하게 된다. 이 사실을 양모에게 말했지만 오히려 혼난 것은 그녀였다. 그녀는 그때의 악몽과 죄책감을 평생 안고 살아가게 된다.

16세에 첫 번째 결혼을 하게 된다. 그러나 그녀는 남편에게 만족하지 못한다. 해군이었던 남편이 해외 출장을 간 틈을 타서 광고 회사 사람을 만나 모델로 출연한다. 이것을 계기로 할리우드에 진출할 수 있는 계기를 마련한다. 이 일로 첫 번째 결혼 생활을 마감한 것은 물론이다.

먼로는 자신의 이익에 따라 여러 남자를 만났다. 그녀의 결혼 상대자 중에는 우리에게 익숙한 야구 선수 조 디마지오Joseph Paul DiMaggio도 있으며, 《어느 세일즈맨의 죽음》으로 유명한 작가 아서 밀러Arthur Asher Miller도 있다. 조 디마지오는 진정으로 먼로를 사랑했지만 불과 9개월 만에 파경에 이르렀고, 아서 밀러는 그녀의 교양을 높이기 위해 노력했음에도 불구하고 먼로는 프랑스 배우 이브 몽땅Ivo Livi에게 빠진다.

마를린 먼로의 죽음은 그녀가 살아있을 때 받았던 극단적인 평가인 '재능 있는 여배우' 라는 찬사와 '멍청한 섹스 심벌' 이라는 평가처럼 갈피를 잡을 수 없다. 그러나 모든 것을 한꺼번에 얻었다가 너무 큰 욕심으로 불시에 모든 것을 잃었던 그녀의 인생은 부귀영화가 일장춘몽으로 끝나는 허무함을 보여 준 사례라고 생각한다.


## 숙녀, 천사가 되다

마를린 먼로와 비슷한 시기를 살았고, 아직도 우리의 가슴속에 아름다운 모습으로 숨 쉬고 있는 여배우도 있다. 그녀는 바로 오드리 헵번이다.

도발적인 아름다움으로 팜므파탈적인 매력을 갖고 있었던 먼로와는 달리 헵번은 청순미와 지성미가 넘치는 배우였다. 그러나 그녀의 어린 시절도 먼로와 마찬가지로 순탄하지만은 않았다. 태어난 그녀는 어린 시절 나치의 지배로 고통을 받았고, 이로 인해 부모는 이혼했다.

헵번은 먼로와 비슷한 충격을 받았음에도 그와는 다른 길을 택한다. 인기 있는 배우로 조명을 받았음에도 무대 뒤에서는 배우가 아닌 행복한 가정의 주부와 따뜻한 어머니로서의 역할을 다한 것이다. 한창 화려했던 시절 가정부와 요리사를 두고 방탕한 생활을 할 수 있었지만 그녀는 오히려 겸손의 미덕을 실천한다. 많은 돈과 좋은 배역을 제안해도 종종 이를 거부하고 스위스의 오지 마을을 찾아 조용한 생활을 하기도 한다. 그러나 그녀의 시련도 여기서 끝나지 않았다. 두 번의 이혼을 경험하게 되었기 때문이다.

단란하고 소박한 생활을 꿈꾸었으나 이를 이루지 못했던 그녀는 평생 조용히 은둔하며 과거의 스타로서 흠 없이 살아가려고 했다. 그러다가 1988년 특별 초대된 마카오 음악 콘서트에서 자신의 명성이 자선기금 모금에 큰 도움이 된다는 것을 경험했다. 자신이 지녔던 과거의 인기와 명성이 누군가에게는 큰 도움이 될 수 있다는 것을 깨닫고 유니세프에 친선 홍보 대사가 될 것을 자청했다.

헵번은 60세를 바라보는 나이에도 유니세프가 원하는 곳이면 전쟁터이든, 전염병이 창궐한 지역이든, 전기와 물도 공급되지 않는 오지든 따지지 않고 나섰다. 유니세프에서 받는 그녀의 일년 보수는 단지 1달러에 불과했지만, 고통받는 사람들을 만나면서 그녀의 봉사는 깊이를 더해갔다. 또한 배우로서 화려한 조명을 받을 당시에는 응하지 않았던 인터뷰도 자청했다. 그녀의 이런 노력 덕분에 전 세계인들은 구호 활동에 대해 조금씩 관심을 갖기 시작했다.

그녀는 "어린이 한 명을 구하는 것은 신의 축복입니다. 어린이 백만 명을 구하는 것은 신이 주신 기회입니다"라고 말하며, 많은 평범한 사람들도 다른 사람을 도우며 행복을 실천할 수 있다는 것을 알렸다. 그녀의 삶은 1992년에 안타깝게도 마감되었다. 무리한 일정으로 봉사를 하던 그녀의 몸에 이상이 생긴 것이다. 소말리아에 봉사를 하던 도중 몸의 이상 신호를 느꼈으나 병원 시설이 없었다. 하지만 중간에 봉사를 포기하는 것을 원치 않았던 그녀는 강행군을 계속한다. 결국 병원을 찾았을 때 그녀에게 남은 시간은 3개월뿐이었다. 치료가 무의미해진 그녀는 오랫동안 조용히 지냈던 스위스 오지 마을의 자신의 집으로 돌아가 가족들과 행복한 시간을 보냈다. 그리고 유명한 유언을 남겼다.

"한 손은 너 자신을 돕기 위한 것이고, 다른 한 손은 다른 사람을 돕기 위한 것이다."

그녀가 떠난 후 '오드리 아동 기금'이라는 재단이 설립되었고, 그녀를 모델로 한 모든 활동에서의 수익은 재단에 기부되고 있다. 그녀는 떠났지만, 그녀의 선행은 아직도 계속되고 있는 것이다.

사람은 죽었을 때 그 진가를 보게 된다. 멋지게 살고 멋지게 사라진 헵번의 일생은 먼로의 그것과는 너무나 많은 대조를 보이고 있다. 나 역시 헵번처럼 멋지게 살고 그렇게 사라지는 것을 꿈꾼다. 조금만 더, 조금만 더 내가 하는 일에, 사회를 위한 공헌에 미칠 수 있도록 노력하고 싶다.

# 젊다고 청춘이 아니다, 미쳐야 청춘이다!

꿈과 열정을 잃은 사람은 더 이상 청춘이 아니다. 희망 또한 스스로 만드는 것이지 누가 가져다주는 것이 아니다. 사람에게 꿈과 열정, 희망이 있으면 만년 청춘이다. 사람이 피워내는 꽃은 나이가 들었다고 시드는 것이 아니다. 꿈에서 피어나는 인생의 향기가 없어졌을 때 시드는 것이다.

먼저 자신을 사랑하고 자신에게 미쳐보자! 다른 사람을 부러워하지도 말고 비교도 하지 말자! 모든 자격지심은 던져버려라! 내 인생은 내가 사는 것이지 타인이 대신 살아주는 것이 아니다.

우리는 이미 많은 것을 가지고 있다. 내가 무엇을 가지고 있는지 살펴보자. 내가 가지고 있는 소중한 자산은 꿈과 열정이 있을 때 비로소 눈에 보인다. 내게 무엇이 있는지 알아야 부족한 부분을 채울 수 있다. 이렇게 도전하며 사는 인생은 행복하고 아름답다.

나는 나에게 미친 사람이다. 누가 보든 말든 나는 내 인생을 스스로 설계한다. '서상록닷컴'을 만들어 하고 싶은 말을 한다. 또한 이 나라를 위해 해야 할 말과 행동을 알리기 위해 네이버에 '대통령제조공장' 이라는 카페도 만들었다. 내 계획대로 사는 나는 내가 자랑스럽다.

물론 내가 하는 일이 꼭 옳은 길이라고 생각하지는 않는다. 타인들에게 내 방식대로 살아야 한다고 강요도 하지 않는다. 다만 남과 비교해 좌절하거나 포기하지 말자는 것이다. 지금 30대는 앞으로 60년은 더 살 것이고 지금 늙었다고 생각하는 60대도 자기관리만 잘하면 30년 정도는 더 살 수 있다. 그냥 되는 대로 살기에 남은 생은 너무나 길다. 늦었다고 포기하면 아무것도 할 수가 없다. 늦었기에 더 열심히 해야 한다. 시작이 반이라면 결심은 반의반이다. 결심만 해도 25퍼센트는 이루어진 것이다.

혹시 이런 저런 이유로 아직까지 인생의 길목에서 방황하는 독자가 있다면 지금 생각의 방향을 바꿔보자. 새로운 풍경을 보기 위해서 새로운 곳으로 떠날 필요는 없다. 새로운 시선을 가지면 새로운 풍경이 보인다. 마찬가지로 새로운 인생을 살기 위해서 인생을 다시 시작할 필요는 없다. 새로운 생각을 하면 새로운 세상이 열린다. 지금 당장 내 인생을 행복하게 만들기 위한 계획을 세우자. 내일이 아니라 지금 당장 시작하라. 앞일을 생각하면 먼 길같이 느껴지지만 지난날을 생각하면 어제처럼 느껴지는 것이 인생이다. 따라서 지금 당장 생각을 바꾸고 더욱 행복한 인생을 만들 준비를 해야 한다.

나이는 숫자에 불과하다. 70세가 넘었지만 나는 아직도 나를 청년이라고 생각한다. 아직도 꿈과 목표가 있고, 그 목표를 위한 계획이 있기 때문이다. 그러나 20대 노인도 많다. 미래를 준비하지 않고 과거만 반추하기 때문이다. 과거에 얽매이는 순간 그 사람은 노인이 된다. 세월이 사람을 늙게 하는 것이 아니라 생각이 사람을 늙게 한다. 젊다고 청춘이 아니다. 건강한 생각을 가져야 청춘이다. 건강한 생각을 갖기 위해서는 스스로에게 미쳐야 한다. 그렇게 자신에게 미쳐 달리다 보면 생각에 근육이 붙어 인생은 더욱 젊어질 것이다. 때문에 우리는 모두 청춘이고, 행복한 사람이다. 지금 좌절하고 있는 사람이라도 마음 한구석을 살펴보면 아직 꺼지지 않은 꿈과 희망의 불씨를 찾아낼 수 있을 것이다. 그 불씨에 입김을 불어 넣어 보자. 그러면 조만간 활활 타오르는 희망과 마주할 수 있을 것이다.

서상록 인생 에세이

# 미쳐야 청춘이다

지은이 | 서상록
펴낸이 | 김경태
펴낸곳 | 한국경제신문 한경BP

제1판 1쇄 인쇄 | 2011년 10월 15일
제1판 1쇄 발행 | 2011년 10월 25일

주소 | 서울특별시 중구 중림동 441
기획출판팀 | 3604-553~6
영업마케팅팀 | 3604-595, 555  FAX | 3604-599
홈페이지 | http://www.hankyungbp.com
전자우편 | bp@hankyungbp.com
등록 | 제 2-315(1967. 5. 15)

ISBN 978-89-475-2821-4    03810
값  13,000원